Zu diesem Buch

Der hier vorliegende Band enthält Notizen und Betrachtungen, die das Denken des Dichters und wagemutigen Fliegers Antoine de Saint-Exupéry bis in seine letzten, feinsten Verästelungen aufzeigen. Er bildet eine unentbehrliche Ergänzung zum Werk des berühmten Franzosen, vermittelt das Bild eines Geistes, der sich, nach einem Wort Ortega y Gassets, «auf der Höhe der Zeit» bewegt, und gibt zugleich wichtige persönliche Aufschlüsse über einen Schriftsteller, der ein großer Autor wurde, weil er ein großer Mensch war.

Antoine Jean Baptiste Marie Roger Graf de Saint-Exupéry — seine Freunde nannten ihn kurz «Saint Ex» — wurde am 29. Juni 1900 in Lyon geboren, besuchte Schulen der Jesuiten, begann seine Laufbahn als Flieger 1921 bei der französischen Luftwaffe und setzte sie im zivilen Flugdienst in drei Erdteilen fort. Drei Jahre lang lebte er auf einem Zwischenlandungs-Stützpunkt im marokkanischen Aufstandsgebiet der Sahara. 1939 stellte er einen Rekord beim Überfliegen des Atlantiks auf. Im Zweiten Weltkrieg emigrierte er nach der Besetzung Frankreichs zunächst nach den USA, kehrte dann aber mit der Invasions-Armee de Gaulles zurück und wurde nach einem Aufklärungsflug über dem Mittelmeer als vermißt gemeldet. Die französische Nation betrauerte einen ihrer größten Flughelden und Dichter, der in seinen in fast allen Sprachen gelesenen Prosawerken den modernen Menschen und das Fliegen gefeiert und, ohne dabei die Technik zu glorifizieren, in ihrem Höhenflug «Mensch, Welt und Freundschaft entdeckt und offenbart hatte». In allen seinen Büchern ging es ihm um die Befreiung des Menschen unserer Zeit von der Roboter- und Termiten-Existenz, um die Lehre eines brüderlichen Ethos erkämpfter und gelebter Humanität: «Was ich am Menschen am meisten liebe, ist, ihn zu veredeln.» In seiner Lebens- und Wirklichkeitsnähe, in der Einheit von Denken und Tun ist er dem englischen Dichter-Soldaten T. E. Lawrence verwandt. Die Hauptwerke Antoine de Saint-Exupérys sind: «Südkurier» (1928), «Nachtflug» (1931), «Wind, Sand und Sterne» (1939, ausgezeichnet mit dem «Grand Prix de l'Académie Française»), «Flug nach Arras» (1942, rororo Nr. 206) und «Die Stadt in der Wüste» (1943 erschienen und 1948 postum mit dem «Prix des Ambassadeurs» preisgekrönt).

Literatur deutsch: R. de Lange und L. Werth «Unser Freund Antoine de Saint-Exupéry» (1952); Karl Rauch «Antoine de Saint-Exupéry — Mensch und Werk» (1951). In der Reihe «rowohlts monographien» erschien 1958 als Bd. 4 eine Darstellung des Dichters in Selbstzeugnissen und Bilddokumenten von Luc Estang.

Antoine de Saint-Exupéry

Carnets

rororo

Rowohlt

Die Originalausgabe erschien bei Librairie Gallimard, Paris
unter dem Titel «Carnets»
Herausgegeben von Michel Quesnel und Pierre Chevrier
Aus dem Französischen übertragen von OSWALT VON NOSTITZ
Umschlagentwurf Werner Rebhuhn
unter Verwendung zweier Fotos von Éditions du Seuil

rororo TASCHENBUCH AUSGABE
veröffentlicht im Dezember 1963

Ungekürzte Ausgabe

Gesetzt in der Linotype-Cornelia
Gesamtherstellung Clausen & Bosse, Leck/Schleswig
Printed in Germany

Die Menschen

Nicht sich dem opfern, was sie sind,
sondern dem, was sie werden können

Einführung
von
Oswalt von Nostitz

Diese nicht zur Veröffentlichung bestimmten, ja nicht einmal für einen Empfänger geschriebenen und daher fraglos als authentische Monologe zu wertenden Betrachtungen und Gedankensplitter mögen manche Leser Saint-Exupérys zunächst verwundern; scheint doch der Verfasser des Kleinen Prinzen in ihnen ein anderes Gesicht zu zeigen: Er «verdichtet» hier nicht Erlebnisse, spricht kaum in Bildern und Gleichnissen, rührt nicht an Gefühlssaiten! Da es ihm nicht um Vermittlung des Geschauten und Erkannten an andere, sondern nur um Klarheit vor sich selber zu tun ist, enthüllen diese unter der Eingebung des Augenblicks entstandenen Niederschriften meist das unverkleidete Gedankengerüst, ja manchmal nur die Konturen eines Gedankens; es äußert sich nicht der Dichter, sondern der Denker, der Moralist, ja der Philosoph.

Wer sich näher mit dem Werke Saint-Exupérys befaßt hat, wird dadurch freilich nicht überrascht werden; denn bereits aus seinen ersten Büchern – aus dem «Südkurier», dem «Nachtflug», vor allem aber aus «Wind, Sand und Sterne» – wurde ersichtlich, daß er zu jenen begnadeten Doppelbegabungen gehörte, bei denen die Unmittelbarkeit der dichterischen Mitteilung, deren Fülle und konkrete Anschaulichkeit nicht durch «des Gedankens Blässe» gehemmt und getrübt werden, und die dichterische Intuition ihrerseits nicht die Prägnanz des Denkens behindert, sondern im Gegenteil der Gedankenführung Tiefe verleiht, sie auf die Ebene der Meditation emporhebt. Die Meditation trat dann im «Flug nach Arras», wo sie sich als Frucht der bestandenen Gefahr, des kriegerischen Erlebnisses, darstellte, noch mehr in den Vordergrund; in «Die Stadt in der Wüste» – Saint-Exupérys Summa – wurde sie sogar zum beherrschenden Element. Jeder, der sich für diesen geistigen Weg des Dichters interessiert, wird durch die «Carnets» wertvolle Aufschlüsse erhalten. Freilich muß man sich hüten, alle die unbehauenen Bausteine ohne genaue Prüfung zu einem Gedankengebäude zusammenzufügen. Dabei ist vor allem zu beachten, daß die – vom

Autor nicht vorgesehene, wenn auch im wesentlichen sinngemäße – Anordnung der einzelnen Stücke deren chronologische Reihenfolge nicht erkennen läßt, so daß die Entwicklung mancher Auffassungen nicht mit Bestimmtheit zu verfolgen ist. Vor allem gilt das von Saint-Exupérys religiöser Einstellung, die, wenn man vom autobiographischen Gehalt der Bücher ausgeht, seit dem «Flug nach Arras» eine bedeutende Vertiefung erfahren hat. So wird man beispielsweise seine Berufung auf die Grundsätze der historischen Kritik und des wissenschaftlichen Relativismus gegenüber der Position des Glaubens in der Auseinandersetzung mit dem Dominikanerpater Sertillanges (vgl. Seite 28) nicht als ein letztes Wort ansehen dürfen, zumal er an anderen Stellen auf eine sehr eindrucksvolle Weise von seiner Gottsuche, seinem «Hunger nach dem Engelsbrot» Zeugnis ablegt, ja den Verzicht auf das kritische Urteil, falls er zu Gunsten des Glaubens erfolge, als berechtigt anzuerkennen scheint (vgl. Seite 36).

Von solchen Schwankungen abgesehen, die vornehmlich die religiöse Sphäre betreffen, erweckt freilich Saint-Exupérys Gedankenwelt den Eindruck einer großen Geschlossenheit. Es gibt namentlich ein Leitmotiv, das seine Überlegungen wie eine Klammer zusammenhält: die Sorge um den Menschen, genauer gesagt, um dessen schöpferisches Vermögen, von dem er aus innerster Erfahrung und als Jünger Pascals weiß, daß es sich nur entfaltet, wenn ihm ein Ziel «außerhalb des eigenen Ich» gewiesen wird, und das er in unserer Gegenwart durch allerhand Gefahren bedroht sieht. Er wird denn auch nicht müde, die Lebensgebiete daraufhin zu überprüfen, ob in ihnen der Mensch – die Erweckung und Steigerung seiner Möglichkeiten – im Mittelpunkt steht, oder ob nicht in Wahrheit außer- und unmenschliche Zwecke dominieren. So nennt er es barbarisch, daß «wir auf seltsame Weise den Objekten hörig sind», was er der langen Erziehung durch die Publizität zuschreibt, und geißelt das Bestreben der Industrie, «Menschen für den Kaugummi und nicht Kaugummi für die Menschen hervorzubringen»; er meditiert über die Gefahren der Massenherrschaft, die innere Verarmung des Einzelnen, die fortschreitende Reduzierung seines Kontakts mit der Natur, die überstürzte Entwicklung des Maschinellen, die den Menschentyp nicht ausreifen lasse; er grenzt eine den Menschen formende, ihm einen «Stil» verleihende Erziehung von der bloßen Belehrung ab und hält auch auf ökonomischem Gebiet, insbesondere bei der Wahl zwischen kapitalistischer und sozialistischer Gesellschaftsordnung, allein für wesentlich, inwieweit der Mensch gefördert werde; mit dem gleichen Maßstab mißt er den «törichten Patriotismus des 20. Jahrhunderts», den oft nur wie eine Sportmannschaft die Farbe der Trikots zusammenhalte, während er die wahren Gemeinsamkeiten vernachlässige.

Wenn sich die Geister dadurch unterscheiden, daß die einen trennende Gräben aufreißen und «Blöcke» bilden, während die anderen um Verbindungen und Synthesen bemüht sind, so gehört Saint-Exupéry zweifellos zu den letzteren. Nicht daß er die Gegensätze leugnete oder vertuschte, aber er ist ein leidenschaftlicher Brückenbauer. Die menschlichen Beziehungen nennt er einmal «das durchaus Wichtigste auf Erden» und sucht ihnen durch seine – entsprechende Gedankengänge in «Die Stadt in der Wüste» ergänzenden – Betrachtungen über jene «neue Sprache» zu dienen, die es zu schaffen und durchzusetzen gelte, sobald sich die Antinomien durch die bisherigen Ausdrucksmittel nicht überwinden ließen. Mit der gleichen Einstellung tritt er an den innermenschlichen Bereich heran: so macht er der Freudschen Psychoanalyse, deren positiven Beitrag – insbesondere zur Aufhellung einer «universalen Symbolik» – er durchaus anerkennt, vor allem zum Vorwurf, daß sie Bewußtsein und Unterbewußtsein allzu starr gegeneinanderstelle und überdies mit anthropomorphen Begriffen arbeite. Damit berühren wir ein drittes wesentliches Merkmal dieses Denkens: es ist bei aller Hingewandtheit zu *anthropologischen* Fragestellungen bestrebt, sich nicht in *anthropomorphe* Begriffe und Kategorien einzukapseln. Das zeigt sich in der Ablehnung finalistischer Vorstellungen, vor allem aber in den Betrachtungen über das Lebensproblem und die Struktur des Weltalls. Auch in dieser schwierigen Materie verliert sich Saint-Exupéry im übrigen nicht in verschwommenen Spekulationen, sondern spricht mit Sachkunde und Präzision, wobei ihm seine ungewöhnlichen biologischen und physikalischen Kenntnisse zustatten kommen.

Die vorstehenden Hinweise sind nicht erschöpfend; sie zählen nicht einmal alle Themen auf, die in den «Carnets» behandelt werden. Es galt auch nur, die Umrisse der Gedankenführung aufzuzeigen und dadurch *eines* deutlich zu machen: Antoine de Saint-Exupéry war ein Dichter, aber kein Träumer, der sich vor den unbequemen Realitäten in ein Märchenland oder in einen elfenbeinernen Turm geflüchtet hätte. Falls es hierfür noch eines Beweises bedurfte, so wird er durch diese Eintragungen in sein Taschenbuch erbracht: sie zeigen ihn als einen wachen Beobachter «auf der Höhe der Zeit» und zugleich als einen nonkonformistischen Denker, der unbefangen, aber nicht als Dilettant, sondern mit dem nötigen Rüstzeug versehen an die Probleme herangeht. Die Begegnung mit solch einem Geiste ist immer fruchtbar, mag man nun seinen Ergebnissen beipflichten oder zu eigenem Weiterdenken über jene Fragen angeregt werden, die uns noch immer auf der Seele brennen.

Vorwort der französischen Herausgeber

Saint-Exupéry führte stets ein winziges, in Leder gebundenes Notizbuch mit sich. Wie es sein Tagewerk gerade ergab, brachte er darin schnell Betrachtungen zu Papier, die ihm durch den Kopf gegangen waren, und behielt sich deren Ausarbeitung für ruhigere Stunden vor.

Durch die Niederschrift vollzog sich bei ihm eine Klärung seiner Gedanken. Daher wird mitunter ein Satz breit ausgesponnen, wiederholt, erläutert; ein anderes Mal werden drei Worte mit flinkem Federstrich hingeworfen, als obskurer Hinweis oder brillante Formulierung.

Diese Notizbücher, die als Gedächtnisstütze den flüchtigen Gedanken festhalten sollten, stehen in entschiedenem Gegensatz zu jenen intimen Tagebüchern, die im Hinblick auf hohe Auflagenziffern verfaßt werden; sie enthalten keine Indiskretionen, keine Selbstzergliederung, keine Geheimnisse – nichts, was nicht jedermann vor Augen kommen könnte.

Durch das Manuskript stellten sich allerhand Probleme: Die mikroskopische und häufig unleserliche Handschrift – Saint-Exupéry schrieb mit der Rückseite der Feder – bereitete Schwierigkeiten, die durch die Verwendung von Abkürzungen, konventionellen Zeichen, symbolisch gemeinten und daher unerwarteten Worten nicht eben gemindert wurden. Es finden sich auch Unterbrechungen der Gedankenführung, Dunkelheiten des Stils, grammatikalische Ungenauigkeiten, wie man sie sich nur in Selbstbetrachtungen erlaubt. Wir haben dies alles gewissenhaft respektiert.

Die Entzifferung des Textes erforderte eine mehrjährige Archivarbeit, in deren Verlauf die zögernde Intuition mit Hilfe der Lupe angeregt und kontrolliert wurde. Obwohl diese Tätigkeit viel Geduld erforderte, stellte sie nicht das größte Hindernis dar. Als sich der Text allmählich erschloß, fiel es uns nicht schwer, die «Kraftlinien» herauszufinden, um die sich die Meditationen dieser sieben oder acht Jahre (1936 bis 1944) gruppierten. Sollten wir nun die Notizbücher im Wildwuchs ihrer zeitlichen Entstehung, in ihrer improvisierten Unordnung vorlegen? Sollten wir also den Leser dem Studium der Entropie entreißen, um ihn mit Sozialversicherung zu befassen, nachdem wir ihn zuvor noch genötigt hatten, sich mit dem moralischen Sinn des Opfers oder dem Begriff der Kausalität vertraut zu machen? Oder empfahl sich im Gegenteil eine thematische Einteilung durch eine Zusammenstellung verwandter, aus verschiedenen Heften entnommener Texte?

Für die Beibehaltung der Chronologie konnten wir ins Feld führen, daß sich mit ihrer Hilfe eine bezeichnende Entwicklung des Denkens Saint-Exupérys feststellen ließ. Die thematische Anordnung hatte für sich, daß sie zahlreichen flüchtigen Skizzierungen und dunklen Stellen einen Sinn verlieh. Angesichts dieses Dilemmas haben wir uns entschlossen, den Lesern zwei verschiedene Ausgaben anzubieten. Die eine soll einmal später den vollständigen und chronologisch angeordneten Text enthalten. Die andere, die wir heute vorlegen, stellt eine Auswahl dar, in der die einzelnen Betrachtungen in vier Abschnitten zu Sachgebieten geordnet sind.

Hätte sich Saint-Exupéry mit einer Veröffentlichung derartiger Notizen einverstanden erklärt? Wir glauben es nicht. Aber wäre ihm nicht daran gelegen gewesen, alle Betrachtungen eines Menschen, dem seine Bewunderung galt, kennenzulernen – selbst die unzulänglich formulierten? Seine Wißbegierde, sein Erkenntnisdrang hätten ihn gewiß nach solch einem Zeugnis verlangen lassen.

Wir übergeben hiermit das letzte Vermächtnis, das wir von ihm besitzen. Es ist das Lösegeld seines eigenen Ruhms.

MICHEL QUESNEL PIERRE CHEVRIER

Moral und Politik

Die in den Notizbüchern unleserlichen oder zweifelhaften Worte sind hier in eckige Klammern gesetzt. Die hier kursiv gedruckten Worte sind in den Manuskripten des Verfassers mit Anführungszeichen versehen.

I

Es ist absurd, stets gegen etwas zu kämpfen. Könnte man nicht einmal ernstlich Bilanz ziehen? Was fordern denn die Leute der Linken, der Rechten, die Stalinisten, die Trotzkisten, die Anarchisten? Welch ein Ziel erstreben die vorgeschlagenen Mittel?

In der Demokratie rette ich das elende Individuum, aber in der wahrhaften abendländischen Kultur rette ich Gott, nicht die Menschenrechte, sondern – durch den Menschen hindurch – die Gottesrechte. Und ich achte Gott im Menschen, sein Bild, aber nicht das Individuum.

Auf Grund der stalinistischen – oder der nazistischen – Gerechtigkeit beseitige ich diesen Menschen, wenn er in sozialer Hinsicht im Rückstand bleibt. Beispielsweise den Steuermann, der sein Schiff zu Schaden kommen ließ. Auf Grund der abendländischen Gerechtigkeit befreie ich ihn im Namen seines inneren Vaterlandes, der Güte seines Schiffs oder seiner Herrschaft an der abendlichen Tafel. Ich vermag den Menschen weder zu wägen noch zu messen.

Der Irrtum der ersteren besteht darin, daß sie meint, ihn messen zu können.

Die Demokratie bewegt sich augenscheinlich in Richtung der statistischen Wahrscheinlichkeiten, der Zunahme der Entropie, der Aufsplitterung der Autorität bis zum Äußersten (Anarchie), der Vergeudung der Energien. Und sie führt gewiß zur scheinbaren Befreiung des Menschen. Aber nur der scheinbaren. Es handelt sich um die Befreiung des Individuums. Denn der Mensch zerfällt dabei.

Und die demokratischen Maßnahmen stützen sich auf Logik und Überlegung. Denn diese Zunahme der Entropie ist unabweislich bei den Wissenschaften des Unbeseelten. Nicht aber bei den Wissenschaften, die mit dem Leben zu tun haben. Und von Zeit zu Zeit wohnen wir einer Revolution bei, die sich mittels der

Sprache nicht vorhersehen ließ; zu der sie nicht ermächtigte. (Gibt es etwas für den Intellekt Unannehmbareres als den Krieg? Alain hatte es deutlich gesehen, als er die Meinung vertrat: um die Welt von ihm zu reinigen, genüge es, das Unannehmbare deutlich zu erkennen.) Und doch taucht zuweilen ein Mensch auf, der sich gegen die Zunahme der Entropie und, ebenso wie das Leben, gegen die Statistik erhebt, der die Moleküle wieder zusammensetzt, dem Menschen seine Waffen zurückgibt und die Spannungen wiederherstellt.

Die menschliche Knetmasse, aus der man so wenig herausgeholt hat: ja, darin besteht die eigentliche Tragik.

Aber wenn man eine Art Vollkommenheit aus ihr herausgeholt hat, ist es ebenso tragisch, daß man dann seine Positionen umkehren und den Menschen als Person verneinen muß.

Man beginne mit jenem Spiel, das den Sinn des Lebens verändert. «Hier wird nicht denunziert. Hier steht man sich bei . . . Hier schweigt man . . .» Und so wird die Atmosphäre jenes Hauses von Grund auf verändert. Es ist keinerlei Utopie, darauf zu hoffen.

Ihr trefft ständig eine Wahl. Und ich lehne das ab. Denn ihr schaltet die Gelegenheiten zum Fortschritt aus (und die Linke, die so ist wie ihr; die kaum marxistischer ist). Ihr verwehrt jenem Kommunistenführer das Recht, zugleich edel und gemein zu sein. Oder vielmehr: ihr werdet in ihm zwei Personen unterscheiden, die nicht gleichzeitig handeln, doch das ist ein pädagogischer Gesichtspunkt. Denn in Wahrheit geschieht es in der gleichen Handlung und im gleichen Augenblick, aber gemäß verschiedenen Gesichtspunkten, daß dieser Mensch edel oder gemein ist. Und wenn ich mich auch mit solch einem Dilemma abfinde, werde ich mich vielleicht einer ungerechten Wahl entziehen.

Diese Manie, die sie haben, den Menschen nur nach einem seiner Elemente zu beurteilen.

Die Polemik verschärft bloß gespannte Beziehungen, denn jeder glaubt an seinen eigenen Edelmut. Niemand hat das Gefühl (obwohl es sehr unkompliziert ist), daß es mannigfache begriffliche Systeme gibt.

Ich höre sie in den Kneipen, wie sie Karten spielen und mit Bezug auf die Karten oder auf anderes Sätze kannegießern, in denen alle ihre Empfindungen eine Rolle spielen: Wut, Entrüstung, religiöser Drang usw....

Der abscheuliche Haß, der nach draußen derart falsche Vorstellungen projiziert.

Infolge des Hasses und der Ungerechtigkeiten, die ich erlitt, als sie mich für den Anhänger einer anderen Partei ansahen, will ich nicht ihre Freundschaft, obwohl ich zur gleichen Partei gehöre. Immer sind sie darauf aus zu besudeln in ihrer Schäbigkeit. Prügel haben sie nötig.

Erstaunliche Radiosendung, die mit Gemeinheiten in ihrer klassischsten Form beginnt, sich sodann über die Marseillaise begeistert, die «Samenkörner und Erntefrüchte» enthalte.

Nun enthält aber die Marseillaise vor allem den Haß des Pöbels gegen alle Führergestalten (außerdem auch einen geheiligten Liebeselan in «Freiheit, teure Freiheit» – eine gemeinschaftliche Wärme – es gibt das nicht mehr bei uns).

Doch hier, wie beim schlechten Stil, weiß man nicht mehr, wovon die Rede ist. Wie bei den Wahlreden. Dieses Land ist gelähmt und vermag nur noch ein einziges Erbe zu überprüfen.

Der törichte Präsident der Republik: diese Apotheose der Mittelmäßigkeit [1] *. Und doch fühlt sich stolz, wer von ihm empfangen wird. Mehr denn je hebt die Funktion den Menschen auf. Man glaubt an die Funktionen, so wie man an die wirkende Kraft des Stimmzettels glaubt.

Rivière hat es leicht, das deutsche Bestreben zu verspotten, «die Gelegenheiten zu nutzen»; was für Gelegenheiten könnten wir nutzen, da wir nichts anstreben? Der Fluß der Gezeiten besteht anscheinend nur aus Gelegenheiten. Aber was hülfen denn die Gelegenheiten, wenn es nicht die Schwerkraft des Mondes gäbe?

* Die hochgestellten Ziffern beziehen sich auf die Anmerkungen am Ende des Buches.

Wie auch der Verwaltungsmechanismus aussehen mag: nichts entfaltet sich, nichts wächst, nichts gründet sich, wenn nichts etwas anstrebt. Es fehlen uns Tropismen.

Nicht Menschen? Es gibt so viel, wie wir haben wollen: man sehe nur die Mechaniker der *Aéropostale*. Wenn wir nach etwas streben, sind wir weit findiger im Ausnutzen von Gelegenheiten, im Verwenden von Wegen, die sich darbieten. Doch was hilft's, daß man sich mitten auf Wegkreuzungen befindet, wenn man gar nicht den Wunsch hat, vorwärtszukommen?

Beim Menschen frage ich nicht, *was seine Gesetze für einen Wert haben*, sondern *wie es mit seinem schöpferischen Vermögen bestellt ist.*

Strukturelle Fäulnis. So zählen die «Ideen» und die «Programme» mehr als die Menschen. (Welch ein Kriterium für den Wert der Idee und des Programms stellt doch die Wahl dar, die einer trifft, wenn er eine Schokolade kauft, weil sie beim Altwerden ausbleicht, oder zuerst den «Paris Soir» liest, wegen der Wissenschaft der Börsenwerte.)

Der Staatsbürger vor allem ... ja ... aber wer ist der Staatsbürger? Und wenn es nun der wäre, der das Universale anstrebt?

Nicht durch die Ideen definieren, sondern durch den Menschentyp.

Diese erstaunliche Anarchie. Da ist der Idiot, der den Amerikanern das Fotografieren verbietet [2] (keinerlei Neigung zur Eroberung Amerikas). Ein anderer nimmt Anstoß, weil man die Ladehemmungen der Maschinengewehre untersucht (keinerlei Neigung, die Wirksamkeit der Waffe zu steigern). Die Berufung auf «Hitler hat mir gesagt» (keinerlei Neigung, eine Dynamik hervorzubringen). Die Weigerung, Finnland beizustehen (keinerlei Neigung, die unerwartete Gelegenheit wahrzunehmen; und doch, welch entscheidender Akt: die Moral, die Strategie, die Propaganda und Amerika! Der Weg für den Eintritt Amerikas!)

Was die perfekten Streiks in den Fabriken betrifft: mitten im Kriege!

Dies, weil sich Daladier bemüht, *den Sinn des Geschehens zu begreifen.* (Während es nichts zu begreifen gibt und er selber ihre Erklärung darstellen könnte.) Er wartet darauf, daß das Küken aus dem Ei kriecht, da ja das Ei vorhanden ist: es ist die Welt von heute, der eine Welt von morgen folgen wird – und Daladier wartet auf die Welt von morgen.

Ernste Fehldeutung des Führerbegriffs: der, welcher fordert ... der, den man nötig hat ... Nein. Der Führer ist vor allem derjenige, der die anderen braucht. Gäbe es keine Führer, hätte man euch nicht mehr nötig: Anarchisten!

Ihr habt völlig vergessen, daß sich der Wert der Institutionen nach den Menschen bemißt; daß der Wert der Gesellschaft von den tausend besonderen Maßnahmen abhängt, die ihr erst ihren Sinn verleihen, und daß der Wille einer Nation so viel taugt wie die Einzelwillen.

Seht einen Stein an: jedes Molekül zieht nur wenig nach unten – aber entsprechend seinen Fähigkeiten. Und der Stein ruht. Und jedesmal, wenn er nicht zurückgehalten wird, schlägt er sofort seine Richtung ein.

Uns einen Führer suchen, das heißt, für uns, daß wir uns selber suchen. Ein Führer, das ist einer, der die anderen unendlich nötig hat. Und wir wollen, daß man uns nötig haben soll. Niemand hier hat uns nötig. Wir antichambrieren, um unsere Dienste anzubieten. Ein Führer, das ist einer, der uns *anzieht,* statt die Bewilligung unserer Hilfe zu erkaufen, als handelte es sich um die Gewährung von Vergünstigungen.

Seht doch Mermoz, die Freude der Menschen, wenn viel von ihnen verlangt wird.

Größe entsteht zunächst – und immer – aus einem Ziel, das außerhalb des eigenen Ichs gelegen ist (Aéropostale): Sobald man den Menschen in sich selber einschließt, wird er arm. Sobald er nur für *sich* da ist.

Jener Sozialismus, der vor allem die individuelle Entfaltung verkündet, steigert den Menschen weniger als der Faschismus, der das Opfer für etwas Äußerliches predigt. (Und der Name dieses «etwas» ist unwesentlich.) Die Bürgschaft des Symbols ist wichtiger als das Symbol selber. *Vaterland* beispielsweise ist keineswegs *idiotisch*, nicht mehr als Gott in der religiösen Vorstellungswelt. Nutzlos, diese Anziehung des Faschismus zu leugnen; es ist das ein historisches Kennzeichen.

Mittels des unentgeltlichen Opfers stehen die Menschen in Kontakt miteinander. Und unter «unentgeltlich» verstehe ich, daß dabei der *nützliche* Teil nutzlos ist. Denn die Gesamtheit der Menschen wird zum Idol, das Geschenk und Blut und Leben empfängt. Und der kleine französische Bürger ist schrecklich einsam.

Priorität der Masse gegenüber der Elite? Niemals. Priorität des Stoffs, des Lebensstandards gegenüber dem Geiste? Niemals. Priorität der Logik gegenüber einer gewissen menschlichen Irrationalität? Niemals. Verwurzelung derer, die die Kirchen brandschatzten und die Aristokratie bespuckten, in der sozialistischen Lehre? Niemals. Und welcher aufgeklärte französische Kommunist würde es wagen, diese Gesichtspunkte zu verteidigen?

Denn ob man es wahrhaben will oder nicht: Spanien, das seine Kunstschätze verbrannte und das verschlossene Universum der Klöster ausleerte, hat damit, wenn auch nur einen Augenblick, der Dummheit gegenüber der Kultur Priorität eingeräumt. Und ich werde den Massen keinen Vorwurf machen, wohl aber denen, die sich damit abgefunden haben, daß der Dreck aus der Kloake entweicht. Denn wenn er spektakulär entweicht, um in der Kulturentwicklung einen Einschnitt zu bewirken – welch nicht wieder gutzumachenden Einschnitt kann er sich dann bei verschwiegeneren Vorgängen erhoffen: etwa bei jenen, die mit dem Schulwesen zusammenhängen?

Religionsersatz ist kein leeres Wort.

Was habt ihr vorgesehen, um den gleichen Vorstellungsschatz mitzuteilen? Zunächst bestände eure *politische Erziehung* nicht aus *Pflichten*, sondern aus Rechten und Haß. Aus Haß gegen jene, die als zufällige Verwahrer materieller Güter Beschirmer der geistigen Güter sind (was der Klassenbegriff schlecht zu trennen vermag). Die Demarkationslinie einer klaren Vorstellung würde die einen von den anderen scheiden.

Dieser arme Vautel arbeitet in einer Demokratie auf den Ruin des Menschen hin. Er ist für den Menschen mit gesundem Menschenverstand und *common sense,* ohne zu verstehen, daß nichts darin Platz findet, was bestrebt war – nur so langsam bestrebt war – Kulturen, Religionen usw. aufzubauen (Gerechtigkeit, Tradition, das Universale einbegriffen). Keine dieser geistigen Bemühungen ist im gesunden Menschenverstand erhalten geblieben: nicht die Liebe zu Mozart, nicht eine gewisse Liebe als solche, nicht die Caritas. Jedesmal, wenn er im Menschen diesen geistigen Überbau gewahr wird, macht er Jagd auf ihn. Er entdeckt ihn nicht immer und verwechselt jenen Teil, den er nicht entdecken konnte, mit dem wahren Menschen, aber er strebt danach, den Menschen auf einen Verdauungskanal und einen Fortpflanzungsapparat zu reduzieren. Ich liebe die Kohlköpfe oder liebe sie nicht – außerhalb (wahrscheinlich) jeder Kultur. Aber schon bei der Frau stimmt das nicht, die nicht ebenso schmeckt, wenn man sie als Königin oder in einem Freudenhaus gepflückt hat. Und eben das entgeht ihm (selbst wenn er es vielleicht sieht, mit Hilfe jenes Teils im Menschen, den die *Sprache der verborgenen Vorstellungen* in ihm aufrechterhält); es entgehen ihm diese Geschmacksdifferenzierungen.

Wo führt ihr mich hin, die ihr glaubt, der Mensch verewige sich dadurch, daß er sich ernähre und sich fortpflanze, wenn ihr kein Gespür habt für die Bedeutung des geistigen Überbaus? Nicht eure Pläne (sie gefallen mir), sondern eure Unwissenheit erschreckt mich. Auch ihr habt von einem Quell getrunken, der euch zu Menschen macht. Doch da ihr nicht wißt, daß ihr durch ihn zu Menschen werdet, lauft ihr Gefahr, ihn versiegen zu lassen (um eines Gewinns willen, der viel unwesentlicher ist).

Solange ich nichts Besseres habe, halte ich mich an den *Rahmen, der mir überliefert ist*... Und das heißt, im guten Sinne, konservativ sein. Auch ihr wißt nichts davon, die ihr glaubt, das Interesse lenke die Menschen – eine bequeme Formel, die, wie wir gesehen haben, nicht einmal falsch zu sein braucht. Bequem, aber unergiebig.

Und freilich liegt es in meinem Interesse, meine Gattung, mein Menschenbild zu verewigen! Zumindest wenn man diesen Instinkt (der fortleben möchte) Interesse nennt, aber vielleicht handelt es sich auch um das Interesse der Gattung.

Ihr bietet mir ein schöneres Haus, einen schöneren Wagen, eine reinere Luft ... Aber was für einen Menschen, der darin leben soll?

Wir sind auf seltsame Weise den Objekten hörig, zweifellos infolge der langen Erziehung durch Publizität, die wir hinter uns haben. Darin sind wir Barbaren. In dieser Hinsicht kommen uns viele Barbaren – wir spüren es undeutlich – wie zivilisiert vor.

In dieser Hinsicht ist der Rückgang des Religiösen ein Verhängnis, das uns unsere geistige Welt ausräumt (die Woche des Mittelalters mit ihren Freuden und das liturgische Jahr hatten ein Gesicht).

Zur normalen Erziehung tritt eine unaufhörliche und außerordentlich wirksame Erziehung hinzu, die in der Publizität besteht. Eine auf dem Profit beruhende Industrie ist bestrebt – durch Schulung – Menschen für den Kaugummi und nicht Kaugummi für die Menschen hervorzubringen. Da sich für das Automobil die Notwendigkeit ergibt, den Wert «Automobil» zu schaffen, ist so der törichte kleine Gigolo des Jahres 1926 entstanden: er wird in den Bars ausschließlich durch Bilder und Vergleiche animiert, die auf Karosserien zurückgehen. Desgleichen ist durch den Film – aus dem besten menschlichen Rohmaterial der Welt – der leere und törichte Star inmitten der Dummköpfe hervorgegangen: Dieses hohle Geschöpf, von dem ich nicht einmal glaube, daß es sich langweilt, denn es ist noch gar nicht geboren [3].

Ein Boden, den die Aussaat einer Religion in Brand setzen würde.

Unwürdige Beziehungen zwischen Mensch und Objekt. Desgleichen zu seinem Ich.

Sie werden erhaben, sobald das Ziel über das Ich hinausgeht (Gottheit, Vaterland, Volk und sogar bei den Zielen des Industriellen: die *Firma* ...).

Eine Maschine wird häßlich, sobald sie veraltet ist (Lokomotive, Auto, Flugzeug, Phonograph ...), aber das trifft nur auf die Maschine zu.

Es ist ganz nutzlos, über die Demokratie, die Demagogie, die Technik zu jammern. Die eigentliche Ursache für die innere Verarmung des Einzelmenschen findet weit ergiebigere Wurzeln in der Vervollkommnung der Verkehrsmittel (Ortsveränderungen der Individuen untereinander, aber vor allem Identität der Quellen: Zeitungen, Radio, Telefon, gemeinsame Beförderung). Es fehlen auf sonderbare Weise Stille und Gebet (Fähigkeit, ein Gebet zu gestalten, in dem sich der Einzelne außerhalb des eigenen Ichs befindet). Wodurch wollen Sie, Gide, eine solche Übung ersetzen? Die Seelen heutzutage bekommen eine Hornhaut.

Über den bekannten sichtbaren, mechanischen Medien, die einen Kontakt herstellen – der Zeitung, dem Radio, dem Buch – steht die Rede, diese fortdauernde Osmose, die ebenso in einem europäischen Volke wie in der Wüste zur Geltung kommt. Diese Ansteckung durch Erstarrung übertrifft die Ansteckung durch den Glauben – jene Wahrheit, die auf der Oberfläche wie in der Zeit fortschreitet, pflanzt sich hartnäckiger fort als durch das Buch, durch das Radio, durch die Zeitung. In manchen Dörfern Südfrankreichs glaubt man noch heute, die Protestanten trügen ein Auge mitten auf der Stirn.

So wurden in der Frühzeit des Christentums die verworrenen menschlichen Beziehungen durch die Nächstenliebe und das Universale erhellt. Aber ...

Wenn ich von der Nächstenliebe und vom Universalen spreche, habe ich das Wichtigste vergessen: die Liebe. Was ist die Wirkung dieser Liebe, die ohne fleischlichen Rückhalt empfunden wird? Denn man begnügt sich mit törichtem Gerede, wenn man sagt: «Die Mystiker, die ihre Sinnlichkeit transponieren.» Man vergißt dabei allzu sehr, daß es auch jene andauernde Bemühung gibt, welche die Liebe in den trockenen Seelen erzeugen möchte ... Diese erstaunliche Anstrengung des alltäglichen Gebets, die bestrebt ist, vor allem das Herz zu erziehen (und wie sehr geht mich das Wesen dieses geliebten Gottes an! ...). Man würde gewiß eine Kultur als schön und nutzbringend anerkennen, wenn sie einem die Liebe zur Frau beibrächte; das gleiche gilt von einer ritterlichen Sinnesart, welche die Ehrfurcht vor der Frau lehrte.

Beschränkung auf Ausbeutung und Mißbrauch: Albernheiten! Was geht mich das Bilderwesen an, außer dem, was es mitteilt? Im übrigen: Was könnte ich von Dingen erwarten, die sich vielleicht jenseits der Symbole befinden?

Methode: die Bücher der Kindheit wieder lesen, wobei man völlig den naiven Bestandteil vergessen muß, der keinerlei Wirkung ausübt, aber während der ganzen Lektüre die durch diese Symbolik übermittelten Vorstellungen zu beachten hat. Untersuchen, ob nicht der Mensch, der dieser wohltätigen Woge beraubt ist, auf den Gigolo des Jahres 1936 hintendiert.

Sophismus von Sertillanges: In «Die Ursprünge des Gottesglaubens» scheidet Pater Sertillanges die Menschen in Gläubige und Ungläubige. Alsbald entsteht so die Vorstellung vom Heere der Ungläubigen, das sich gegen die Phalanx der Gläubigen kehrt. Und das niedrige antireligiöse Schmähwort eines Proleten und die törichte biologische These eines Irrsinnigen setzen Lamarck und Poincaré herab, die Generäle jener gleichen Armee sind. Schon die Verkündung von Kategorien, die bequem für den Krieg sind, aber keine Ordnung in der Welt zu schaffen vermögen, hat das Problem verfälscht. Es gibt nämlich nicht bloß Menschen, die glauben, und Menschen, die nicht glauben; vielmehr sind diese beiden Gruppen durch keine wirksame Grenze getrennt, da sich Menschen, die zu ihnen gehören, auf beiden Seiten der Grenze befinden.

Pater Sertillanges, wie gedenken Sie uns hinzureißen, wenn Sie uns beschimpfen? Wie gedenken Sie uns zu überzeugen, wenn Sie uns schlechthin wie Kinder behandeln, die es zu schulmeistern gilt? Von der hohen Warte Ihres Hochmuts aus bewerten Sie als Hochmut, was unsere Würde ausmacht. Von der Warte des Hochmuts und des Wunsches zu *infamieren*! Wissen Sie denn nicht, daß sich die Voraussetzungen unserer Erkenntnisse seit dem Mittelalter gewandelt haben?

Wissen Sie denn nicht, daß wir in der wissenschaftlichen Forschung jeden als Feigling ansehen, der sich weigert, eine ihm liebe Theorie, um sie zu retten, einer gründlichen tatsächlichen und historischen Kritik zu unterziehen? Wir wissen, daß wir redlich sind, selbst wenn uns das unseren Frieden kostet. Wir haben es uns zum Grundsatz gemacht, stets das Legendäre vom Authentischen und das Dokument von der Hypothese zu unterscheiden. Die Gegner Pasteurs haben Sie gemeinsam mit uns abgelehnt. Und auf einmal, in einem Bereiche, der nicht nur die Annehmlichkeiten unseres Lebens, sondern seinen eigentlichen Sinn berührt, der alle unsere Handlungen und nahezu unsere intimsten Regungen in Anspruch nimmt, da kanzeln Sie uns ab, während wir beklommen an der Schwelle Ihrer Kirche zögern und den Wunsch haben, weiterhin der Wahrheit zu dienen und uns zugleich von den Märchen bezaubern zu lassen!

Was können wir denn mit Ihren Beweisen anfangen? Durch das Christentum sind wir, was wir sind, und wir sind es – das wissen wir – *für* das Christentum. Wir wissen, daß wir Gott in unseren Bedürfnissen, unserer anscheinend so spontanen Geistigkeit, in uns selbst, im Weltall wiederfinden werden. Und wenn wir Ihr Denken analysieren, so wissen wir genau, daß wir darin, sofern es uns vergönnt ist zu sehen, die gleichen Begriffe wiederfinden werden, die es beherrschen. Und wir nennen das Wahrheit. Ja, aber Wahrheit in uns, und nicht außerhalb unseres Ich. Gott ist wahr, aber vielleicht von uns erschaffen.

Unsere Sorgen galt es zu besänftigen, Pater Sertillanges. Sie sind nicht die Frucht unserer Laster, sondern eben dessen, was an uns edel ist. Der moralische Zwang stört uns keineswegs, wir rufen ihn inständig herbei, wir wissen genau, daß es harter Gesetze bedarf, um starke Charaktere zu formen. Es würde uns die Unterwerfung unter sie erleichtern, wenn man einen Gott erfände. Nicht so sehr wegen des verheißenen Lohns – denn der erste, der einzige Lohn, der für uns zählt, besteht darin, zu wachsen – sondern damit wir uns mit Liebe hingeben können; damit wir mit unseren notwendigen Opfern das Idol beweihräuchern können, dessen man uns beraubt hat. Allzu früh, in einem Alter, in dem man noch eine Zuflucht sucht, wurden wir Gottes entwöhnt, und so müssen wir uns jetzt als einsame kleine Biedermänner durchs Leben schlagen.

Da Sie ja der Offenbarung solche Bedeutung beimessen, hätten

Sie uns sagen müssen, weshalb Sie die Zeugnisse, die uns diese Offenbarung allein überliefert haben, nicht mehr für wichtig halten. Weshalb soll man auf Grund von Dokumenten, deren Verfasser unbekannt sind, und von denen nicht einer gleichzeitig mit Christus gelebt hat, an die Auferstehung glauben? Weshalb legt Ihre Kirche solches Gewicht auf die unwichtige Geschichte Jakobs und kümmert sich hingegen so wenig um die Entstehung der Evangelien, um die Wahl, die für deren Auslese bestimmend war, um die Motive, die zu gewissen Ablehnungen führten? Man hätte uns sagen müssen, weshalb die «petitio principii», die wir überall als eines Menschen, der vor dem Denken Achtung hat, unwürdig empfinden, und die Sie genau wie uns in Harnisch bringt, wenn Sie sie bei Ihren Gegnern aufdecken – weshalb sie in Ihrer Kirche auf einmal zu einem Vorzug wird, der sich aus Demut und Gehorsam zusammensetzt. «Die Auswahl der Evangelien ist einwandfrei, weil die Konzilien, die sie vornahmen, unfehlbar waren.» Sie waren unfehlbar, weil sie im Namen des Gottes der Evangelien sprachen. Und dieser Gott wird nur insoweit bewiesen, als jene Auswahl einwandfrei war.

Und was sagen Sie zu den Widersprüchen (Heimsuchung, Auferstehung usw.), die zumindest ein Dokument der göttlichen Ordnung mit menschlicher Schwäche beflecken? Und was sagen Sie zu den bösgläubigen Zitaten, die den Zweck verfolgen, Christus *post festum* mit dem Messias, den die Propheten ankündigten, in Deckung zu bringen?

Und was sagen Sie zu den Rückzugspositionen der Kirche und ihrem ständigen Tonwechsel? Ich weiß genau, was Sie antworten werden. Sie werden einander widersprechende Behauptungen herausgreifen und ihr gemeinsames Maß suchen. Das nennen Sie dann Dogma und sagen mir: «Ist es nicht erstaunlich, daß solche Behauptungen in der Ordnung dieses Universums übereinstimmen?» Ich aber, der ich im voraus wußte, daß diese Denkoperation möglich ist, und sehe, wie sie tagtäglich Wahnsinnigen gelingt, wenn sie sorgsam das Weltall ordnen, um ihre eigenen Wellenlängen zu beweisen – ich habe das Recht, beunruhigt zu bleiben.

Und ich weiß wohl, daß ich niemanden überzeugen werde, denn es gibt keine Wahrheit und keinen Irrtum.

Es ist vielleicht schon jetzt recht wichtig, diesen wissenschaftlichen Relativismus auf das Geistige auszudehnen. Und zunächst einmal sehe ich keinen Grund, weshalb sich die Verhaltensweisen des menschlichen Geistes grundlegend voneinander unterscheiden sollten.

Meine wissenschaftliche Theorie ist nur eine Sprache. Wenn mir die Natur ihre wohlbegründeten Evidenzen wie ein Buch zur Lektüre darböte, wäre es recht sonderbar, wenn nicht die Beobachtung schon zur Zeit Babylons solchen Geheimnissen auf den Grund gekommen wäre.

Angesichts der Zone: und es ist also Gott, der die Welt erschaffen hat?

Worüber beklagt sich eigentlich der Katholik, der uns so viel vom Beweis durch Zeugnis, vom Nachweis durch Augenzeugen erzählte und nunmehr sieht, wie wir verwundert das Weite suchen, da sich herausstellt, daß dieses Zeugnis im Lichte der Naturwissenschaften und der historischen Kritik unzulänglich ist? Wir waren es nicht, die unsere Religion auf diesen schwankenden Boden gründeten.

Religiöse Antinomien: Heutzutage, da ich der historischen Kritik solchen Wert beimesse, soll ich mich damit bescheiden, sie überhaupt nicht auszuüben. Heutzutage, da das Christentum ein konservierendes Element darstellt, das einen bestimmten Eigentumsbegriff verteidigt, soll ich es mit den Evangelien in Einklang bringen. Heutzutage, da mich die Analyse dieser Welt am Wunder verzweifeln ließ, soll ich dem Glauben einer Epoche, die nicht zu analysieren verstand, Glauben schenken. Heutzutage, da die Wissenschaft so viele Rückzugspositionen in Trümmer legt, soll ich sie nacheinander einnehmen, ohne mich dadurch in meinen Glaubensüberzeugungen stören zu lassen. Heutzutage, da man den Sinn des Wortes *Ursache* in Zweifel zieht, soll ich am Sinn der *ersten Ursache* festhalten. Heutzutage, da sich der Finalismus als unwirksam erwiesen hat, soll ich Finalist bleiben.

Ja, aber es zählen allein die übermittelten Vorstellungen. Was wäre ich ohne diese Vorstellungen geworden? Eben sie sind es, die ich Gnade nennen kann. Besamung des Menschen.

Doch das Christentum stand mit nichts in der römischen Welt

in Widerspruch. Heute tritt es in Konflikt mit den Rubriken meines Denkens, an denen ich mit Recht festhalte. Ich habe auch das Recht, an den religiösen Werten festzuhalten. Doch ich habe das Recht zu bedauern, daß sie die Welt nicht mehr in Übereinstimmung bringen und daher nicht mehr jene evidente Synthese darstellen, die sie der römischen Welt bieten konnten.

Ich habe keine zusammenhängende Sprache mehr.

Was kümmert es mich, ob Gott nicht existiert: Gott verleiht dem Menschen etwas Göttliches.

Gott. Die Spielregel hat auf erregende Weise ihren Sitz nicht in der willkürlichen Dichte eines Individuums, sondern außerhalb, das heißt in Gott. Das heißt: in allem und in nichts. Gott ist das vollkommene symbolische Fundament des zugleich Unzugänglichen und Absoluten.

Offensichtlich ist es schwer, als Nicht-Finalist das Problem des Lebenssinns anzupacken. Wenn ich den Vorzug der religiösen Deutung verloren habe, muß ich zumindest die Werte transponieren, denn sie sind notwendig und fruchtbar. Wenn das menschliche Leben keinerlei Sinn hat, der es ein Ziel erstreben läßt, beschränkt sich das Wünschen darauf, so gut wie möglich zu leben – aber ich kann mich nicht mit dem greulichen Bridgespieler zufriedengeben, der seine Jahre nacheinander aufbraucht, ohne etwas in sich selber vorzubereiten; in diesem Insekt, das eingemauert mit seinen Essensvorräten lebt, steckt etwas, das nicht menschlich ist. Der Mensch soll anderswo suchen und aus sich herausgehen (Musik, Dichtung, Opfer, Universalität usw. . . .); der kleine Ingenieur aus X., mit dem ich in Perpignan aß und der abgesehen von den Gleichungen seines Berufs und dem Poker-As nichts wußte – etwas in ihm ist verfehlt.

Er kann sich für glücklich halten, er kann es vorziehen, daß er so ist, es fehlt doch das wirkliche Glück (da, in Ermangelung eines Ziels, lediglich ein Besitzgefühl übrigbleibt), das eine wahrhaft menschliche Tätigkeit begleitet; er kennt in keiner Weise die Freude am hohen Meer.

Freitag: Opfer. Und ich habe bereits das Universale, die Liebe, das Opfer besungen. Und Opfer interessiert mich nur unter dem zeitlichen Gesichtspunkt.

Möge also die Gottesvorstellung (und nicht der Lohn) dieses Opfer wirklich erleichtern.

Und man rede mir nicht von Lohn. Wenn der Bruder sich zum Bagno aufmacht, um seinen Bruder zu retten, liegt es auf der Hand, daß er das auch ohne Religion täte. Als Lohn genügt ihm die Bruderliebe, der er Ausdruck verleiht. Doch solch ein liebenswerter Bruder kann fehlen. Dann möge doch Gott dieses Unternehmen erleichtern! Möge er also diese dunkle Regung deutlich und begehrenswert machen! (Aber schon diese Bruderliebe war lediglich Symbol des Göttlichen.)

Es gilt eine Stütze zu finden, damit man dieses Opfer seines Vergnügens vom Kinde verlangen kann. Wenn man ihm damit kommt, sein Wille müsse erzogen werden, so stellt sich Hochmut ein. Spricht man ihm von der Gabe an den Armen (an die Kreatur), so bleibt vielleicht nur noch die Betätigung als Gewerkschaftsmitglied, ein Beitrag oder eine Auflage. Aber das Opfer um des Opfers willen ... Zweifellos eignet dem Opfer eine charakterbildende Bedeutung, aber wie kann man das dem Kinde einpflanzen – ohne die Gottesvorstellung? Ich bin erschrocken angesichts der Schwierigkeit, die Autorität von etwas anderem als von Gott herzuleiten. Man sät aus der Höhe.

Es geht nicht darum, festzustellen, was sie nach eurer Meinung wert sind. Es geht darum, zu wissen, was eurer Meinung nach aus ihnen wird. Der große Irrtum war eben dies.

Schwierigkeit einer Moral des Menschen, der allein ist. Ist er allein, so gibt es keinen Bezug mehr. Aufgabe Gottes oder des Nächsten, der das Urteil spricht. (Und keineswegs über uns.)

Somit Gefahr der Vorstellung von Verdienst und Entgelt.

Die Kindheit, die Schläge auf den Kopf, die Religion, das Opfer – alles das sind Maßnahmen, um aus diesem Tierchen einen Menschen zu machen. Nichts ist besser geeignet, um einen André Breton heranzubilden, als die Familie André Bretons, gegen die er sich empört [4].

Nur das Opfer hat Wert, aber nicht, wenn es einem Serienprodukt dargebracht wird. Für einen Lastwagentyp kann man sich nicht opfern. Nur für die Porzellantasse oder sogar die Negermaske, den surrealistischen Gegenstand, an dem sich der Mensch die Finger verbrennt.

Gleichermaßen Verteidigung der anarchistischen oder der surrealistischen Mitgift.

Ich habe somit eine gewisse Anzahl ausgesprochen religiöser Begriffe definiert:
Die Nächstenliebe.
Die Liebe.
Die unsichtbaren Schätze.
Das Opfer.
Das Universale.
(Während die Begriffe von Gut und Böse zweifellos zu den sozialen Begriffen gehören.)

Hunger nach diesem Brote ... Dem Engelsbrote. Vielleicht ist gar nicht die Wirklichkeit das Beunruhigende, sondern die außerordentliche Kraft des Mythos. Eine singende Begeisterung überkommt mich. Licht im Menschen? Ja, ein sehr gewisses Licht. Und die traurigen kleinen Nächte, die X. mit seinen Gigolos verbringt, sind jene Welt nicht wert, in die die Entsagung Eingang verschafft.

Immer der gleiche Mythos ... Gib dich hin, entsage, leide, kämpfe, durchquere die Wüsten voller Durst, weise die Brunnen zurück, und so werde ich dir zur Entfaltung deiner selbst verhelfen.

Und du, der du dich dieser Botschaft widersetzest, weißt du denn, was du tust? Du kennst nicht, was aus dir hervorgegangen wäre. Du hältst dich für beständig und wesentlich und dauerhaft, du meinst, allein die Empfindungen, die du verspürst, seien dir gestattet; du meinst, der Mensch, den du in dir trägst, sei vollendet, aber diese mystische Hochzeit – du weißt nicht, welch eines Feuervogels Flügel sie in dir entfalten würde. Dieses Reich ist dir verwehrt.

Woher kommt es, daß der Mensch eines Tages dem Fleischlichen entsagen, und dann wieder zu ihm zurückkehren kann? Offensichtliche Doppelnatur des Menschen. Und hierbei fragt sich noch: wie sollte er nicht den Teufel erfunden haben?

Gebt uns, sagen vor allem die Menschen, gebt uns die *Ewigkeit* wieder. Wir sind derart erstarrt durch diese Entdeckung des Willkürlichen ... des Tanzes, der nichts als ein Spiel ist ... Gebt uns unsere Ehrfurcht zurück, sei es auch nur die Ehrfurcht vor den Familienfesten, den Jahrestagen, den Vaterländern, dem Ölbaum, den ich gepflanzt habe, und den mein Sohn pflegen wird; gebt uns zurück, was wir sind und was über uns hinaus von Dauer ist. Vergönnt uns, einen vergänglichen Leib in Edelsteine zu wandeln ...

Nichts von alledem, was ich an dir liebte, hat einen materiellen Sinn. Deine Lippen, gewiß, doch bildeten sie jenes Lächeln, das der Welt der Formen angehörte. Nicht die Masse deines Fleisches, sondern seine Anordnung. Nichts, was sich durch das Physische oder chemisch erklären ließe, sondern durch die reine Mathematik (Rhythmus) und die stofflose Geometrie (die Form). Nichts, was nicht einen geistigen Sinn hätte.

Göttlichkeit des Menschen. Aller Glanz versammelt in der Schaustellung der Girls: dieses Gold, diese Leiber, diese lächelnden Mienen, diese Brüste, diese üppigen Pflanzen, diese Kaskaden und diese Spiegel ...

... Dann Powells häßliches Gesicht, das auftaucht und alles zunichte macht.

Der Totenkult, das ist die Geburt der Gattung als geistiger Einheit. Alle diese Zeugen. Alle diese Elemente des Göttlichen; sind sie doch Vorbilder.

Eure Rettung wird sein, wenn ihr die Liebe zu den Waffen wiedergefunden habt. Wert hat, was sie euch lehren.

Ihr seid zu Haustieren geworden ...

Göttliche Sprache, die Gott den Menschen gegeben hat, und von der sie einen so schlechten Gebrauch machen. Gern hätte ich es gerettet, dieses aus lichtem Stoff geformte Mädchen, doch was soll man mit einem Schlamm anfangen, der verschwommen leuchtet?

Durch ein Menschenwesen verwundet. Durch das Publikum verwundet – wie! – durch Dich verwundet, o Herr!

Unsereins, Bewohner der Milchstraße... Wie lachhaft wird sogleich das Türhüterleben!

Die Menschen. Nicht sich dem opfern, was sie sind, sondern dem, was sie werden können.

Antwort an S.: «Sie haben nie geglaubt? Dann wissen Sie nicht, was Sie verloren haben. Denn die Saat dringt nur ein, sofern man sich auf das System einläßt. Deshalb hat der Verzicht auf das kritische Urteil einen Sinn: Versuchen Sie's erst einmal, um festzustellen, welch ein Mensch bei Ihnen zum Vorschein kommt; auf ihn allein kommt es an.»

Man gründet das Reich, um den Menschen hervorzubringen.

Gide urteilt, ohne *geprüft* zu haben. Nun hat aber ein begriffliches System nur Wert durch den Menschen, den es hervorbringt, und zwar den ganz innerlichen Menschen, von dem man nichts weiß. Im Namen einer Euphorie, eines verschwommenen Heidentums, im Namen der Nächte in X.

Fall der Religion. Amerika braucht eine Befruchtung durch Vorstellungen, wie sie eine religiöse Bewegung mit sich bringen würde. Ich habe begriffen, was es hieß, Verständnis zu wecken und zu bekehren.

Unter diesem Aspekt: Welch eine Arbeit gilt es vielleicht in Rußland am Menschen, der nicht mehr alle seine Samenkörner empfängt, von neuem zu beginnen...

Gide sagt: «Der Priester ist schlecht»; diese Behauptung ist sinnlos. Man müßte sagen: «Der Menschentyp des Mittelalters ist schlecht...» (und ich liebte ihn mit seiner Woche und seinen Landwegen); oder auch: «Dieser Menschentyp ist widerspruchsvoll geworden.»

Man müßte ergründen, welch ein Anteil dem Tanze im Leben zukommt, selbst im bürgerlichen Leben. Die Jagden in Rambouillet, die Dekorationen, die liturgische Einteilung des Jahres, die Zugbewegungen, die in Saint-Lazare im Einklang mit biblischen Reminiszenzen abgeändert werden.

Das unsichtbare Vaterland, das einzige: dieses Gesicht Frankreichs, das die Landwege zeichnen ... Revolutionen, werdet ihr mir ein anderes Gesicht hervorbringen?

Es gibt die sichtbare Stadt; es gibt die unsichtbare Stadt. Es gibt jenes Gesicht, das die Landwege mit ihrer Achtung vor geistigen Werten zeichnen (die Wege erweisen dem Fürsten einen schlechten Dienst).

Uns fehlt jene Dorfzeit, in der man das menschliche Leben durchdenkt. Denn wir, in der Stadt: bloßes Umhertollen; und die Liebe ist weniger mit dem Kinde verknüpft als bei den Negern.

Ich werde von jedem von uns alles Gute nehmen und daraus einen Lobgesang machen.

Von den Quellen. Im rein geistigen Bereich ist die Evidenz die gleiche wie im intellektuellen Bereich. Eine Kultur gewährt Ordnung in der Natur und im Menschen. Eine Kultur gewährt Herzensreichtum.

In Rußland gleichwohl die traurige Parodie.

Man begreift einigermaßen in der UdSSR die Wissenschaft, das Theater, sogar die Musik. Man begreift vielleicht das Buch; aber nicht den Qualitätsgegenstand. Nun besteht aber die Kultur darin, daß sie lange ein einziges Ding hütet.

Der Mensch und der Wald. Und wenn es nichts mehr als den Menschen geben wird, so wird der Mensch sich tödlich langweilen. Er hat schon den Kontakt mit dem wilden Tier verloren (Freude der Heimkehr von der wirklichen Jagd) und teilweise mit den Naturkräften (Stadtkultur); und nun verwandelt er den Erdball in Gemüseland.

Man vergißt es, die sozialen Probleme (Ausdehnung des Menschengeschlechts, sodann einer Rasse zwischen den Rassen) von diesem Ursprung aus zu betrachten.

Ich kann freilich noch kein genaues Wort finden, um es auszudrükken, aber unter einem gewissen Aspekt tritt klar zu Tage, daß die Welt entwertet wurde. Ich gebe gern zu, daß die Jagd ganz uninteressant ist, aber es bedeutet doch etwas, daß die *Jagd* nicht mehr das Gelände ist, in dem man in der Zeit der großen angegrauten Reiche jagen ging.

Die inneren und äußeren Emigrationen beachten. Wenn der Mensch umzieht, verliert er alles und reiht sich in die folgende Kultur ein (die vielleicht unermeßliche Rolle von Fetischen wie etwa der Kirchtürme).

Wenn man dem Israeliten einen triftigen Vorwurf machen will, so gilt er in dem Maße, als er durch sein *Umherziehen* bewogen wurde, das Konkrete als zweitrangig zu behandeln; bedeutet es doch für ihn nicht das Gleiche wie für die anderen.

Ich bewundere keineswegs Menschen, weil sie der Postbeförderung dienen, aber ich lege Wert auf den Mythos der Postbeförderung, weil er solche Menschen formt. Und diese Menschen bewundere ich, weil sie sind, wie sie sind.

Wichtiger Gesichtspunkt: es ist keineswegs unmoralisch von L. B., daß er Z. zum Ritter der Ehrenlegion ernannt hat, denn die Menschen sind nicht für die Legion erschaffen, sondern die Legion für sie. Und sein belustigtes Lächeln angesichts des provozierten Skandals ist, oberflächlich gesehen, ein Zeichen von Intelligenz. Es ist keineswegs diese dem Kehricht gewährte Auszeichnung, die bei mir Anstoß erregt, sondern diese Kurzsichtigkeit, die grundlos einen langsam geschaffenen Wert vernichtet. Weshalb soll man diese Gelegenheit, die Menschen zu ehren, abnutzen, wenn es – zumal in Frankreich – so wenige Möglichkeiten gibt, sie zu ehren?

Letztlich sieht L. B. keinerlei Grund, weshalb man sie ehren sollte, und es ist letztlich die Größe des Menschen, die er verachtet. Deshalb ist er niedrig.

Er könnte entgegnen: «Ich verstehe überhaupt nicht, daß wahre Größe eine Auszeichnung nötig haben sollte.» Und auch das ist nicht stichhaltig. Dadurch, daß man das Zeichen zerstört, zerstört man auch den Gegenstand des Zeichens, denn mit dem gleichen Rechte wie das Ordenskreuz wäre dann auch die Vokabel, ja sogar der Begriff der Größe sinnlos. Wo soll man Größe suchen, wenn von ihr keine Begriffe vorhanden sind? Der wahrhaft Tugendhafte ist immerhin ein Mann, der sich tugendhaft nennen kann. Wo wäre sonst die Tugend?

Und ich kann überdies aus diesen Bemerkungen ein schönes Beispiel für die begriffsmäßige Struktur einer Gesellschaftsordnung herleiten, denn ich habe die Möglichkeit zu behaupten: «Das Zeichen der Anerkennung ist eine Schande für den Menschen» oder «ehrt den Menschen». Und beide Feststellungen sind wahr entsprechend den Systemen, die sie umhüllen und einen bestimmten Menschentyp heranbilden. Außerhalb einer allgemeinen Kulturphilosophie sind diese Behauptungen jedoch zusammenhanglos.

Die Mutter Gottes, die in den Straßen Sevillas umhergetragen wird. Stalin, der in den Straßen Moskaus umhergetragen wird: ein ästhetischer Unterschied, sagt Lévy ... Weit mehr ...

Die Größe, die Wirksamkeit der Religionen besteht darin, daß sie ihr revolutionäres Problem aufgeworfen haben, nachdem sie das erstrebenswerte geistige Menschenbild begründet hatten. Möge dieser Mensch, nachdem er nun einmal erschaffen wurde, sein Universum betreuen.

Die marxistischen Revolutionen betreuen das Universum, ohne auf den Menschen, den diese Betreuung hervorbringt, Rücksicht zu nehmen (Göttlichkeit des Ziels).

Ich für mein Teil finde das durchaus nicht grandios: die Milchstraße, das große galaktische Schweigen soll nur dazu da sein, um nach Millionen von Jahren in der «geschichtlichen Sendung des Proletariats einzumünden ...» Es handelt sich dabei gewiß um eine andere Ebene.

Was bedeutet: «Geschichtliche Sendung des Proletariats»? Ich billige diesen Finalismus nicht.

Man greift die Prinzipien im Namen des Menschen an, aber der Mensch ist so, wie er ist, infolge der Prinzipien, die ihn geformt haben. Daher ist denn auch jede Befreiung destruktiv.

Sie wollten das Christentum im Namen des Menschen zerstören, den es hervorbrachte (vatermörderischer Kampf des Anarchisten) und wollten den Menschen, den es hervorbrachte, retten, aber eben diesen Menschen haben sie als Erstes zerstört.

Er steht links, weil er die Massen *liebt*. Der andere, weil er sie nicht liebt. Er steht links, weil der ehrbare und verdienstliche Arbeiter ein Recht darauf hat, auf die Erde zu spucken – oder weil er ein Recht auf ein Taschentuch hat.

Ich stehe links, weil ich die Massen nicht liebe. Stände ich links und liebte sie (das heißt: zöge ich sie in diesem Falle vor, da es sich ja darum handelt, ihnen zum Nachteil der Privilegierten zu dienen), so würde ich Bedenken tragen, Lebensbedingungen zu bekämpfen, die sie auf diese Weise edler machten (Elend, Opfer, Ungerechtigkeit), da ich es kategorisch ablehne, an einen Menschen zu denken, den ich nicht kenne (Sattheit, egoistischer Wohlstand, bürgerliche Verdauung); ich kann nur an die Steigerung des Menschen denken, den ich kenne oder herbeiwünsche. (Das Glück ergibt sich im übrigen nicht aus den konsumierten Gegenständen, und der ist töricht, der die Freundschaft gegen die unfruchtbare Beziehung zum Objekt eintauscht.) Falls euer Keller oder euer Speicher, o Anarchisten, solch eine menschliche Flora hervorbringt und solch eine Glut des Verstandes und des Herzens begünstigt, so laßt uns den Keller oder den Speicher retten, genau so, wie man die Mönchszelle rettet; zum Schaden der schönen lichten Gebäude, des bequemen Lebens und der Gerechtigkeit.

Doch es gibt andere Ebenen als die der geistigen Kultur, und ich habe ein Recht zu der Annahme, daß ein gewisser Lebensstandard dem intellektuellen Leben zugute kommt (Descartes: «Der glückliche Umstand war mir von Nutzen, daß ich keinerlei finanzielle Sorgen hatte . . .»).

Marx wußte weniger über den Menschen Bescheid als Pascal. Die Menschen von links, die Menschen von rechts. Pascal wußte nicht so gut Bescheid über die Entwicklung des Ameisenhaufens, aber der Ameisenhaufen hat nichts mit dem Menschen zu tun.

Der Mensch Pascals (rechts); der Mensch Descartes' (links). Die wahrhafte Geschichte des ersteren bleibt noch zu schreiben. Die Geschichte der Begriffe.

Ihr, die ihr ferner denn je von euren Reisen zurückkehrt, große Antikonformisten: Descartes ...

Der Irrtum besteht darin, daß man die geistige Qualität des Menschen mit dem Ertrag verwechselt, den eine tüchtige Erziehung immerhin teilweise aus ihm herausgeholt hat. Und so verteidigt er gewisse Werte, die er für schön hält, ohne sich darüber klar zu werden, daß er durch diese Verteidigung ihrer Grundlagen zugleich auch ihre Schattenseiten verteidigt. Und überdies eine soziale Struktur, die die Ausdehnung solcher Werte auf eine größere Zahl verhindert. Auch er betrachtet den Menschen, *so wie er ist*. Und unter diesem Aspekt ist es sinnlos, jemals irgendeinen Wandel anzuregen, denn ein Mensch, der *durch* etwas geformt wurde, ist offensichtlich auch *dafür* geformt. Ist er durch zwölf Arbeitsstunden erzogen, so ist er es auch für zwölf Arbeitsstunden, und seine Muße besteht dann nur aus Faulheit und Geistesabwesenheit. Er ist auf diese Weise weniger groß in seinem niedrigen Zeitvertreib als in seiner Arbeit. Gewiß, aber es kommt ja gerade darauf an, den Menschen zu wandeln, und die einzige Methode besteht darin, ihm zunächst seine Mußestunden zu sichern. Im vorliegenden Fall wird D. unschwer herausfinden, daß der Handarbeiter an menschlicher Qualität den Leuten von Welt unterlegen ist, und so wird er ihn diesen zum Opfer bringen, wobei er vergißt, daß die Revolution darin bestand, ihnen eine gleichwertige oder doch möglichst hochstehende Qualität zu schaffen, und ihnen zu diesem Zweck die Bedingungen für eine optimale Entwicklung zu gewährleisten. Was sind das für Bedingungen?

Falls die kapitalistische Struktur den Menschen zugute kommt (wobei jeder Vertreter des Kapitals die Rolle des Staates spielt), scheint es mir keineswegs ein Nachteil zu sein, wenn das Kapital sichtbar herrscht und unterweist. Das ist nur dann anstößig, wenn das Interesse des Menschen dem seinen entgegensteht. Dann sind mir die Presse und die Käuflichkeit des Parlaments ein Ärgernis. Doch das sind sekundäre Elemente. Deckt sich das Interesse des Kapitals nicht mehr mit den Interessen der Nation, das heißt der Menschen, so möge es einer anderen Struktur Platz machen.

Ärgerlich ist, daß sich die Verteidigung eines bestimmten Gesichtes des Landes (einer gewissen Struktur oder eines Inbegriffs von Tätigkeiten – das Wort dafür gilt es noch zu finden), worin sich das Vermächtnis der Kulturen verkörpert (was erwünscht sein kann), anscheinend mit der Verteidigung der Privilegien deckt, von denen nur Erträge dieser Tätigkeiten (im übrigen nicht sie allein) einen Gewinn haben; aber die Kultur beruht in der Erschaffung des Ziels, nicht in ihrer Bestimmung (Ursache).

Die kommunistische Partei hat vielleicht mehr als die sozialistische eine Vorstellung von Größe; deshalb neigen ihr Menschen zu, die Glauben nötig haben.

Da ja in Rußland nichts den Zugang zur Kultur und zur Macht hemmt, ist dort das *Volk* oder die *Masse* gekennzeichnet als die am wenigsten entwickelte, am wenigsten kultivierte, am wenigsten verfeinerte Menschenkategorie – und vor allem als die am wenigsten geeignete, dies alles zu werden, da sich die Selektion ausgewirkt hat.

Was bedeutet dann also Wille des Volkes, Wille und Macht der Masse, wenn nicht den unannehmbaren Vorrang der Materie über den Geist?

Nur ... in diesem Falle ist Volk vielleicht gekennzeichnet als das Beste vom Besten.

Das Volk, ja vielleicht ... Aber die Masse! Ich werde niemals jenes Marktweib aus Le Bourget vergessen.

Intransigeant 3 - 3 - 4 (II - 5): «Bis zum Äußersten den Volkswillen erfüllen» ... Hier steckt der schändliche Fehler. Er ist nahezu kränkend für das Volk. Es verlangt nicht danach, daß man seinen Willen tut, sondern möchte erzogen, verstanden werden.

Nicht die Knaben aus den Laboratorien sind es, die der Forschung die Wege weisen.

Offensichtlich gehören die Elitemenschen zur Masse, so wie sie zur Gesamtheit gehören. Und ihre Interessen sind Interessen der Masse insoweit, als Masse mit Menschen gleichbedeutend ist. Aber erhalten sie lieber ihre Weisungen von ihren Untergebenen oder ihren Vorgesetzten? Möchten sie durch die Intelligenz oder durch die Zahl geleitet werden? Das ist das einzige Problem.

«Der gute Tyrann» ist lediglich ein Mythos, denn nichts läßt uns einen Auslesemodus voraussehen, der ihn zwangsläufig gut erschafft. Und er ist der einzige, der uns befriedigt, denn nur die oberen Elemente einer Gesellschaftsgruppe können das Glück der anderen, eine gewisse Gerechtigkeit voraussehen und vorbereiten ...

Insoweit ein «guter Tyrann» existiert, bringen die Handarbeiter und Stallknechte der UdSSR die Gelehrten nicht um.

Denn sie sind alle gewillt zu morden. Denn einer, der nichts oder nur wenig besitzt, ist völlig bereit zum Plündern. Wenn man ihm sagt: «Es ist deine Dummheit, die dir deinen Rang anweist», so ist das ein Grund mehr für ihn, jene Intelligenz zu hassen, die ihm nicht als Erbteil zufällt. In wessen Namen sollte er bewundern?

Er bewundert unter dem Joch des guten Tyrannen.

Problem der Achtung. Der Mensch, der nicht *geachtet* ist, bringt um. Das ist spezifisch menschlich.

Der Empfang, den die Volksmassen Gide bereiteten, hat seine schönen, aber auch seine unerfreulichen Seiten. Dieses Bedürfnis, das den ungebildeten Menschen eigen ist, zu kompromittieren, zu gebrauchen und bis zum äußersten auszuschlachten.

Wenn es eine Wahl gibt zwischen der Herrschaft eines Einzelnen und der Herrschaft der Masse ... so bin ich der Meinung – und die kleine Provinzstadt lehrt es mich –, daß die Herrschaft der Masse die bedrückendste und ungerechteste ist, die es geben kann.

Wenn das Individuum nicht die Masse tyrannisieren darf, so darf die Masse ihrerseits nicht das Individuum erdrücken.

Alles wird auf der Ebene einer sich in sentimentalen Verteidigungsreden ergehenden Wahlpropaganda diskutiert: «das Volk verdient Bewunderung ...» Und ich weiß nicht, was das besagen soll, außer daß die Leidenden und Mitempfindenden im allgemeinen von Grund auf menschlicher sind als die glücklichen Egoisten. Da nun aber meine Revolution vor allem das Ziel verfolgt, das Volk glücklich zu machen ... kann ich trotzdem nicht eine Gesellschaftsordnung herbeiwünschen, in der das Niedrigste herrscht, das heißt: der Pöbel und die armen Teufel mit Vorrang vor den Aristokraten, den Gelehrten und dem Volke, insoweit ich es zum Rang des Menschen emporgehoben habe.

Denn ich weiß genau, was er sucht, Malraux; er sucht das Pathetische. Und er vergißt die vergeblichen Bemühungen seiner Jugend und beachtet statt dessen nur die Empfindungen der Größe, jenes Klima, in dem er allein atmen zu können meint, den Kampf gegen die Hochstapelei. Den Kampf gegen den bürgerlichen Egoismus. Den Kampf gegen den Schlendrian. Großherzige Empörung gegen das Elend. Alles, was ihm das Katakombenchristentum *en bloc* mitgeteilt hat, und was sich schlecht präzisieren läßt, da es Gott als sein Fundament verloren hat. Denn zweifellos war es einfacher, diesen Widerspruch mit Hilfe der Kirche oder der biblischen Propheten zu retten als mit Hilfe einer anarchistischen Bewegung, die ihre Gesellschaftsordnung begründet und dabei Wirkungen vorbereitet, die mit ihren eigenen Zielsetzungen im Widerspruch stehen.

Alles deutet darauf hin, daß die Anarchie nur einen Übergangszustand darstellt. Jener Haß W.'s gegen den Sohn S.'s. Wird aber nicht W. als der wünschenswerte Mensch erscheinen, sobald er seine Probleme gelöst und Gerechtigkeit erlangt hat? Nein, was er liebt, ist die Betätigung seines Mitleids, seines Kampfes gegen die Ungerechtigkeit, seiner Liebe gegenüber dem Schwächsten. Er braucht eine Welt voller Grausamkeit, Ungerechtigkeit und Ausbeutung der Schwachen.

Lassen sich die Ideen lediglich unter dem Gesichtspunkt der von ihnen hervorgerufenen Massaker diskutieren? Ich bin weit fortgeschritten, wenn man von beiden Seiten darauf acht gibt!

Spanien. Dieses Kind spielt. Von welchem Augenblick an hat es Auffassungen, die dem Tode ebenbürtig sind?

Der Zweck rechtfertigt die Mittel. Gewiß, aber nur, sofern die Mittel nicht dem Ziel widersprechen. Eine Revolution von links, damit der Mensch geehrt werde (oder was schön im Menschen ist) – schön und gut; doch nicht mittels Verleumdung, kompromittierender Handlungen und Erpressung; denn darin äußert sich ein Mangel an Ehrfurcht vor dem Menschen oder vor dem, was schön ist im Menschen.

Überlegungen über die Gleichheit. Sie beruht keineswegs auf der natürlichen Ordnung. Das stärkste und klügste Tier herrscht. Ebenso der stärkste und klügste Mensch. Die aus dem Christentum hervorgegangene Gleichheit (jeder Mensch ein Ebenbild Gottes), sodann später die Gleichheit der Philosophen ist durchaus nicht eine *wiederentdeckte* Wahrheit, sondern eine Vorstellung. Sie ist nicht in einer früheren Kultur enthalten, sondern der Ausgangspunkt der nächsten, die Aussaat des Menschen durch eine Art geistigen *Geschenks*. (Sie ist höchstens in einer Hinsicht zutreffend: die Zahl ist stärker als der Einzelne. Das ist eine physische Tatsache, aber in Anbetracht solch einer Vergöttlichung der blinden Gewalt ist diese Vorstellung in keiner Weise ein geistiger Gewinn; sie ist es im Gegenteil insoweit, als sie die blinde Gewalt zügelt: es gilt, den Schwachen gegen den Starken zu verteidigen. Sie ist es also insoweit, als sie weder wahr noch falsch, weder wahrer noch falscher als die Rechtfertigung der Sklaverei ist.) Und was kann infolgedessen eine nützliche Gleichheitsvorstellung zum Inhalt haben?

Von vornherein ist festzustellen: Falls sie wirksam wird, um die Macht des Einzelnen über die Massen (das Gros der industriellen Gesellschaft) zu zügeln, muß sie auch sofort nach der Befreiung dieser Massen deren blinde Macht über den Einzelnen im Zaum halten. Wenn die Massen einen Berthelot guillotinieren, gibt es keine Gleichheit mehr.

Die Überlegung des Anarchisten Garcia Olivera ist unstatthaft: «Es gibt keinerlei Grund», sagte er, «weshalb ein großer Maler besser leben sollte als ein Werftarbeiter, denn wenn er besser malt, so erklärt sich das dadurch, daß er ein besseres Auge mitbekommen hat. Darin liegt kein Verdienst . . .» Wie kann man an Verdienst denken, ohne an Religion zu denken? Der Maler malt besser, das ist Tatsache. In der Gesellschaft der Tiere ist der Löwe stärker und herrscht. Auch das ist eine Tatsache. In unserer Gesellschaft spielen noch andere Kriterien hinein als Kraft oder Gewandtheit, denn wir leben in einem geistigen Reiche, und auch der Dichter stellt ein Kapital dar. Doch weshalb soll der Dichter der Masse dienen? Und weshalb soll die Masse dem Dichter dienen? Weil es darauf ankommt, die Macht des Dichters zu zügeln, damit die menschliche Gesellschaft ausgeglichen sei und andere Dichter entstehen können. Nicht aber, weil ein Dichter keinerlei Verdienst hätte.

Es ist möglich, daß dieser Gesichtspunkt ein faschistischer Gesichtspunkt ist. Aber der Faschismus gründete seine Kultur auf eine geschlossene Wirtschaft. Er verstand es nicht, seine Synthese zuwege zu bringen. Er verteidigte den Unsinn Fords, um das Prestige und die Rechte des Einzelnen zu schützen.

Die menschliche Würde . . . Sie verwechseln sie mit jenem unübersteigbaren Graben zwischen dem Knecht und dem Lehnsherrn . . . Dienen wird nicht unwürdiger, wenn es abstrakt vor sich geht . . . – nein, aber es wird unmenschlich.

Die Rücksichtnahme auf die einen ist der Tod der anderen, in ihrem Expansionsvermögen. (Das Unkraut bringt nicht Bastardpflanzen hervor; es ersetzt. Im übrigen bewirkt die Bastardisierung die Entartung der edlen Pflanzen.)

In jedem Fall geht einer zugrunde. Das italienische Volk oder das abessinische; welches von beiden gilt es zu retten auf unserm Planeten?

Das Problem heißt nicht: «Soll man kolonisieren oder nicht?», sondern: «Angesichts des Umstandes, daß man kolonisiert (Expansion der Weißen ... geistige Mission ...), soll man ...»

Und hier spielt der Begriff des Profits hinein. Denn der Profit steht mit dieser geistigen Sendung im Widerspruch ...

Hier findet die Arithmetik keine Anwendung. Wenn Hunderttausend leiden, ist das nicht *entsetzlicher* als das Leiden eines Einzigen. Die Ehre läßt sich nicht mit der Anzahl multiplizieren. Und wir wissen es wohl, die wir mehr Mitgefühl mit einem weinenden Kinde haben als mit hunderttausend ertrunkenen Chinesen.

Jede Gerechtigkeit ist willkürlich: die Gerechtigkeit, die auf Gleichheit beruht – aber sie schmeichelt den Larven.

Es geht nicht darum, gerecht zu sein, sondern den Menschen zu erschaffen.

Die Ungerechtigkeit beruht nicht auf den *Sachlagen.*

Die Ungerechtigkeit ist der Sklavenwächter, der seinen vielleicht zehnmal edleren Gefangenen *mißachtet.* Sie ist die geschmähte Marie-Antoinette.

Und man weiß das genau, wenn man ärgern, also ungerecht sein will. Man wird dann gerade den Punkt anschwärzen, der das Edle des Gegners ausmacht.

Ich kann mit dem Gesichtspunkt Garcia Oliveras überhaupt nichts anfangen. «Ist es gerecht, daß einer, der besser zu sehen vermag, besser lebt als der Metallarbeiter?» Ich weiß es nicht, wie man Gerechtigkeit definieren soll. Die einzige Frage ist die folgende: «Welche Struktur wird am besten der Schöpfung und dem geistigen Leben gerecht werden?» Ich werde somit die Rollen umkehren, ich werde als Gerechtigkeit bezeichnen ...

Die gleiche Feststellung gilt für die Ehre, die sich auf Gerechtigkeit oder die Treue zu einem Worte gründet. Die Unehre besteht stets darin, daß man variiert. Sie heißt leben. Die Ehre taugt für die Toten; heutzutage sind sie alle, die Reinen, darum bemüht, gemäß ihrer Ehre zu leben, und so hassen sie sich, aber das liegt daran, daß sich die Ehre nicht mehr ausdrücken läßt.

Sie ermüden mich mit all ihren Erschießungsplänen. Es ist unnötig zu erschießen, denn die Religionen sollen bekehren. Womit soll ich das Christentum aufbauen, wenn ich die Ungläubigen totschieße? Und dann: was ein Mensch *wert ist*, hängt so sehr von dem ab, *was er wird*. Ich kenne das nicht, was ist.

Als ich diesen Artikel Brasillachs las [5], in dem er mir nachdrücklich die schwache Dosis an Begeisterung oder Pathos zum Vorwurf machte, die meine Radioansprache so wenig beschwerte, da begriff ich, daß die Niederlage nahe bevorstand. Denn weder diese Begeisterung noch dieses Pathos wären ihm – und ebenso mir – lächerlich erschienen, wenn sie von einem Nazi stammten. Doch bei uns fehlt es an einem tieferen Rückhalt. Und wie hätte ich mit dem Rufe «Es lebe Frankreich» auf den Lippen sterben können? Ich hätte arrogant und unzeitgemäß gewirkt. Doch der andere kann mit dem Rufe «Heil Hitler» fallen.

Vollkommene Beispiele für unzusammenhängende und unbeweisbare Vorstellungen, obwohl sie *a priori* gegebene Gesichtspunkte oder Denkoperationen darstellen. B. de M.: «Wenn man Offizier ist, führt man Befehle aus und schweigt.» Und er entrüstet sich über C.: «Wenn man sein Wort gegeben hat, die Ehre zu retten, versenkt man die Flotte!» Und so ist er entrüstet.

Die Naivität hierbei besteht nicht darin, daß er den Anderen auf Grund seiner eigenen Gerechtigkeitsvorstellung verurteilt. Wohl aber, daß er sich entrüstet. Es ist das ein kindisches Spiel. Ich liebe diese kläffenden Stimmen nicht. Sei der Stärkere, und du wirst recht haben. Das ist alles.

Wenn sie alle beide den Mund voll nehmen, so erklärt sich das aus dem Grunde, den ich im Falle Brasillach erwähnte: Hinter ihrem Pathos steht keine Bürgschaft. Eine hinreichend gerechte Bürgschaft würde einander widersprechende Bestrebungen miteinander versöhnen, denn jeder von ihnen ist hier gewillt, einen Teil der Ehre zu opfern. Jeder ist bereit, die Augen zu schließen, und sagt: «Davon will ich nichts wissen!», und diese Weigerung, die bei M. offensichtlich ist, trifft auch auf C. zu. So will der Katholik nichts von einer Kritik der Evangelien wissen. Durch solche Verblendung entsteht das abscheuliche Duell zwischen zwei Gegnern, die Blindekuh spielen. Und zu welchem Zweck, bitte?

Die Gerechtigkeit ist ein Inbegriff von Regeln, die einen Menschentyp innerhalb einer Kultur fortbestehen lassen.

Was ich bei der *Ungerechtigkeit* nicht ertragen kann, ist nicht die Unterwerfung unter diesen oder jenen Ritus. Es gibt stets einen Ritus, im Hinblick auf den eine Handlung ungerecht ist. Bei der Ungerechtigkeit erregt mich vielmehr das Trauerspiel der Sprache. Das Trauerspiel der menschlichen Beziehungen.

Es äußert sich darin, daß Einer, weil er den Fuß seines Nachbarn zerquetscht hat, nur auf Grund dieser Tat beurteilt wird, obwohl er vielleicht aus Zartgefühl, aus Schüchternheit zusammengesetzt ist. . . . Daß ein Anderer einmal aus innerer Vornehmheit «Es lebe die Republik» geschrieben hat (aus Vornehmheit hätte er auch das Gegenteil schreiben können), und so bedeutet er für seine Gegner nur noch dieses einzige Wort. Die Ungerechtigkeit besteht auch in der «entfesselten Zeitungsente», welche die Werte zerstört, indem sie den Menschen auf Algebrawerte reduziert. Sie ist das Programm. Sie ist recht häufig das Ehedrama.

Einen Menschen in Knechtschaft belassen (der feudale Herrensitz, wo man sich – sei es auch nur aus großer Distanz – zu der kleinen Tragödie des alten Dieners hinabneigt; wo man ihn *versteht*) ist hundertmal weniger ungerecht als jene menschlichen Einteilungen in Rechtgläubige und Ketzer.

Gebt uns die Universalität des Menschen zurück!

Ich liebe jenen Artikel V.'s nicht, der die theologischen Untersuchungen ins Lächerliche zieht – genausowenig wie die Betrachtungen Sertillanges' über die Torheit der Ungläubigen. Man könnte sagen, daß diese Polemik schon ihrem Begriff nach unfruchtbar ist. Ich soll mich auf Grund eines unbedingten Gesetzes im Zaume halten: stets die höchste Ebene des gegnerischen Gedankens ausdrücken; dabei muß ich berücksichtigen, daß dieser Gedanke, wenn er nicht nur ausgedrückt (jeder Narr kann sich ausdrücken), sondern begriffen wurde, in mehr oder weniger unvollkommener Weise das Abbild von etwas Universalem enthält. Von etwas Einfachem. Somit Wahrem.

Überlegungen über den Rundfunk. Wenn der Rundfunk politische Nachrichten mitteilt, haben diese nur einen Sinn, wenn man den Knopf dreht, um den Inhalt jener gegnerischen Superstrukturen, die Schätze jener Krieger zu ergründen, von denen uns die Nachrichten das Schema der Kämpfe präsentieren.

Schöpfung des Menschen oder Achtung vor dem Individuum? Doch der Einzelne ist durchaus nicht begründet worden.

Es gibt zweierlei Moral: die Moral der Freundschaften und die des Gedankens – und die beiden lassen sich nicht miteinander vereinbaren. (Im Grunde: die Moral des Individuums und die des Menschen.)

Breton verwechselt das *Geheimnis* mit den offenbaren Bilderrätseln.

Wenn ich ein Geheimnis besitze, verberge ich es. Wenn ich in Erstaunen setzen möchte, wenn ich eitel bin, wenn ich mich, da es mir an innerem Leben, an Stolz gebricht, nach der Wirkung einschätze, die ich hervorrufe, dann erfinde ich ein mühsames kleines Bilderrätsel und zeige es.

Nichts ist geheimnisvoller im Menschen als die *Selbstzufriedenheit.* Dieses Interesse für seine Rolle, seine Bedeutung, seine Heldentaten. Wer ist der Narr, dem diese Huldigungen dargebracht werden, und weshalb fesseln die inneren Phänomene seine Aufmerksamkeit, während ihn doch allein die äußeren Erscheinungen nähren sollten?

Die Mystik, gewiß, aber Dilemma: Wollt ihr sterben, um zu sterben, oder um der Menschen willen? Ihr wollt nicht leben, ohne daß euer Leben einen Sinn hätte, das versteht sich, aber genügt euch der Sinn des Bridge? Selbst eine nationale Mystik gibt es nicht bei euch, denn ihr bringt die Nation in Gefahr. Ihr verteidigt, eben auf Grund eures Spiels, was sich ihr am stärksten entgegenstellen wird (Hitler, Mussolini).

Hütet euch vor jenem unbewußten Wunsch, Parteien am Leben zu erhalten ... denn sie sind Verfallserscheinungen. Unter solchem Vorzeichen verteidigt der französische Patriot jenen Hitler, an dem er sterben wird.

Das Imperium Italien. Ich wäre einverstanden mit diesem Spiel, das vielleicht den Menschen steigert, wenn es sich nicht mit Hyperit vollzöge.

Wie sollte es ohne religiöse Aussaat menschliche Beziehungen geben, die nicht aus Gewalt und Erpressung bestünden? Selbst den Völkerbund, einen Ableger des Christentums in säkularisierter Gestalt?

Man nährt das, womit man sich beschäftigt. Es gibt kein indirektes Vorgehen. Der Unterschied zwischen dem Zweck und dem Mittel ist eine pädagogische Unterscheidung, die erst nachträglich Geltung hat. Wenn ich in der Geschichte einen Zeitabschnitt herausgreife, nenne ich mittelalterlich, was dem Endzustand vorausgegangen ist. Doch hätte ich auf andere Weise die Geschichte einteilen und mein Ziel durchdenken können.

Wir glauben, daß die Welt vor allem *gedacht* werden muß.

Ich kann sagen, daß mir der italienische Katholik, der über die Charakterbildung, die Rolle, den Sinn des Menschen ebenso denkt wie ich, näher steht, als einer, dessen Verwandtschaft nur durch den Klang der Sprache (sogar durch deren Sinn unterscheidet er sich) und die Bodeneinteilung ihren Ausdruck findet. Vaterland ist das geistige Erbe.

Heuchelei ist mitunter nur ein Schamgefühl, das sich nicht einmal zu definieren weiß.

Ich finde es ganz natürlich, daß man aus Patriotismus gewisse Kulturwerte verteidigt. Und es ist durchaus folgerichtig, daß man sich dem Auslande anschließt, um sie zu retten, falls sie durch die innere Entwicklung mehr bedroht werden als durch das Ausland. Ein Patriotismus, der sich auf einen gemeinsamen und übrigens schwer zu umschreibenden Egoismus gründet, ist unsinnig.

Wenn der Kommunist X... vom Kapital bezahlt wird, profitiert er von der kapitalistischen Gesellschaftsordnung und verrät sie. Wird er von den Sowjets bezahlt, ist er *gekauft*. So urteilen die Konformisten. Folgt daraus, daß er kein Lebensrecht hat?

Die Patente bringen weniger ein als die wirtschaftliche Nutzung der Patente; bedeutet das vielleicht – statt einer Ausbeutung der Intelligenz durch die Kaufleute – daß die Verwaltung der Erfindung den Rang abläuft, und daß das Talent des Verwalters das seltenste Talent ist?

Der Mensch ist um so größer, je mehr er er selbst ist. Es trifft durchaus zu, daß der Holzhacker, wenn er sich in seinem Berufe begeistert und die Lieder der Baumfäller singt, größer ist als der Holzhacker, der lustlos [.....] und das Belotespiel zu seinem Zeitvertreib und zum Sinn seines Lebens erwählt. Indessen ziehe ich den französischen Biologen dem amerikanischen Businessman vor. Ohne daß ich von vornherein definierte, weshalb er meiner Meinung nach auf der menschlichen Stufenleiter höher steht. Doch die Berufsleidenschaft spielt dabei keine Rolle. Denn der Businessman kann durch die Strategie seiner Bilanzen völlig in Anspruch genommen und begeistert sein – genau so wie ein Schachspieler. Eines kann ich bei genauer Betrachtung nicht übersehen: daß nämlich beim Biologen ein weit umfassenderer Stoff beseelt ist, und ich werde es ihm nicht zum Vorwurf machen – ganz im Gegenteil – daß er Mozart hört. Alles gehört zusammen, alle Beziehungen dienen der Erkenntnis (das Landleben hat vielleicht Newton geholfen), und Mozart kann der Biologie beistehen. Man soll soweit wie möglich man selber sein, aber das Selbst ist *a priori* nicht begrenzt. Wenn der Astronom zum Holzfäller wird, verstehe ich, daß er sich am Anblick der Sterne begeistert, und ich mache keinerlei Unterschied zwischen diesen beiden menschlichen Zuständen (dem des Holzfällers und dem des Astronomen). Der Holzfäller kommt mir ganz einfach umfassender vor. Menschlicher. Auch wenn er zu beten oder zu lieben oder Wein zu kosten versteht, was auf das Holzfällen keinerlei Wirkung ausübt. Er stellt dann einen reicheren Menschen in den Dienst des Holzfällens, wenn er sich an die Arbeit macht. Er ist zum Herrn geworden.

Faschistischer Gesichtspunkt: Weshalb lehrt ihr den Holzfäller keine Astronomie? In Wahrheit braucht er sie nicht, aber ein anderer Mensch wird dadurch entstehen.

Die Frage des Nationalismus in der Welt läßt sich auf zwei Ebenen kennzeichnen.

Zunächst einmal ist das Wirtschaftssystem, wie es von diesen Menschen gesehen wird, so beschaffen, daß jedes Gebiet definitionsgemäß mehr Arbeitsstunden exportieren muß, als es importiert, was augenscheinlich unmöglich ist. Aus dieser elementaren Antinomie ergeben sich die verschiedenen Widersprüche und Risse des Systems. Das Streben nach unmöglichen Zollregelungen erbittert die nationalen Gefühle. Doch mit diesem Vorbehalt bleibt bestehen, daß sich in der Welt zwei verschiedene Begriffe von Nation gegenüberstehen.

Die Nationen wie Frankreich, England und die Vereinigten Staaten, bei denen ein Territorium ein bereits vollendetes Herrschaftsgebiet darstellt und ebenso wie die Bevölkerung, die es ernährt, den natürlichen Schätzen angepaßt sein muß. Diese Bevölkerung muß nicht zur Oberfläche, aber zu den landwirtschaftlichen, ja sogar zu den industriellen Möglichkeiten in angemessenem Verhältnis stehen, so daß sie ihre Produkte austauschen kann. Ein Land ist insoweit reich, als es seiner Bevölkerung viel zu bieten hat – arm, insoweit es nur wenig bietet. Der Begriff einer an sich reichen oder armen Nation ist sinnlos. Sie ist arm oder schwach – das ja.

Die Nationen mit Sendungsbewußtsein, die noch nicht den

englischen Gebietsbegriff akzeptiert haben, wie etwa Italien, Deutschland oder Japan; sie sind arm, weil die Bevölkerung, die sie belastet, größer ist als das landwirtschaftliche Potential zuzüglich des landwirtschaftlichen Austausches. Sie sind jedoch keineswegs bestrebt, diesen Überschuß an Menschen zu reduzieren, und predigen Kinder. Denn um ein Reich zu gründen, um eine Kultur auszubreiten, um dafür Krieg zu führen, braucht man Kinder. Das hat keine religiösen Gründe, denn England ist religiöser als Deutschland. Es erklärt sich aus einem Sendungsbewußtsein: «Alldeutscher Gedanke; der Osten gehört der gelben Rasse; das römische Imperium.» Derartige Nationen, die Kinder hervorgebracht haben, um damit Gebiete zu bevölkern, brauchen offensichtlich in der Folge neue Gebiete. Doch die territoriale Einheit ist damit durchaus nicht erreicht. Denn auf den Territorien A + a werden die Menschen von dem gleichen Sendungsbewußtsein erfüllt sein. Und so werden sie alsbald A + a + b brauchen, letztlich also den ganzen Erdball. Abermals haben sie durchaus nicht unrecht, in dem Sinne, in dem man einen Irrtum begeht. Sie können sich darauf berufen, sie befolgten die Gesetze des Lebens und unterwürfen die Welt einer Selektion. Sie können geltend machen, nur die Idee der Größe erweitere den Horizont des Menschen – und dieses Streben führe zum Universalen. Sie können mit Fug und Recht behaupten, der Mensch, der auf sich selber beschränkt sei, der sich mit seinem Trog und seinem kleinen Ersatz begnüge – der seinen Anteil an Ideen hinnehme, ohne ihretwegen nach dem Universalen zu streben – solch ein Mensch sei saturiert, sei gestorben.

Wenn ein Feuerkreuzler [6] Hitler oder Mussolini verteidigt, hat gewiß der Eigennutz an seiner Haltung Anteil: es sind das gute Vorbilder, die der Verteidigung seiner Interessen zugute kommen. Doch wir haben gesehen, daß das Interesse nur recht wenig verteidigt. Und was den uneigennützigen Teil seiner Verteidigung angeht, so scheint sich zunächst bei diesen Nationalisten ein innerer Widerspruch zu ergeben. In der Tat: Wenn er vor allem die Größe seiner Nation ersehnt, muß er danach trachten, jenem Ausdehnungsdrang entgegenzuwirken, der bei unseren Nachbarn immer mehr anschwellen wird. Das siegreiche Italien ist weit eher in der Lage als das besiegte, Tunis zu attackieren. Und der Gewinn Abessiniens – mag es selbst ein fruchtbares Gebiet sein – wird sein Bestreben, Menschen heranzubilden, die das römische Reich retten oder gründen sollen, durchaus nicht herabmindern. Und so werden uns zwei Erbfeinde gegenüberstehen.

Doch im Grunde ist der Nationalist nicht bloß ein Mensch, der für sein Vaterland eine gewisse Liebe empfindet. Er ist vor allem Einer, der ein gewisses Spiel spielt. Er versucht, anders gesagt, einen gewissen Menschentyp in sich zu retten: den Menschen, der nach dem Universalen trachtet. Der den Kampf erstrebt um des Lebens und der Auslese willen. Der Hingabe (eine gewisse Form der Hingabe) und Opfer ersehnt. Der das Imperium als Symbol seiner eigenen Größe ansieht und sich selber in diesem Imperium mitempfindet. Kurzum: es geht ihm um eine gewisse Würde. Und um ein Spiel spielen zu können, muß man zu zweit sein. Wenn der Nachbar an dieses Spiel glaubt, ist der Mensch gerettet.

Gewiß, aber ein gewisser Menschentyp. Und auch in diesem Falle ist ein Begriff überholt, mag er auch noch so edel sein, denn die Größe des Menschen beruht auch auf den Künsten, den Wissenschaften, den Bibliotheken. So gefährdet ihn dieses Sendungsbewußtsein, denn eben der Weg, den diese Sendung nimmt, ist zerstörerisch. Durch einen heutigen Krieg zahle ich einen zu hohen Preis für mein Spiel und morde im voraus den Menschen, den ich zu erschaffen vorgebe. Die Antinomie tritt hier offen zu Tage, denn das soziale Gefüge hat sich entwickelt und neue Elemente in sich aufgenommen. Ebenso steht es mit dem Universum des Physikers, wenn er seine Maße vervollkommnet. Er ist im Besitze von Gegebenheiten, die sich zu widersprechen beginnen.

Auch in diesem Falle könnte ich lediglich eine Wahl treffen. Nichts beweist mir, ob ich recht habe oder unrecht.

Einzige menschliche Aufgabe: *wiederversöhnen* – doch man kann nur wiederversöhnen mit Hilfe eines neuen Begriffssystems.

Spanien. – Man möchte ihnen allen ihre Wunden verbinden und sie unter dem gleichen Hirtenmantel vereinen.

Alle diese Ratten, die man aus ihren Löchern herausjagt – trösten.

Dem liegt eine erstaunliche Verständnislosigkeit zu Grunde, eine abgründige Unkenntnis der *Tatsachen.* Kein Faschist hat «Unter der Rute der Nazis» gelesen, kein Anhänger der Volksfront hat die Artikel des «Nouvelliste» über die spanischen Wirren gelesen, die im übrigen ganz ungeheuerlich waren.

Die unglaubliche Art, in der die Einen die Anderen verkennen.

Feuerkreuzler, Volksfront. Im Grunde schlagen sie sich um nichts, außer um *Verhaltensweisen,* die im übrigen verworren sind.

Wenn ich ihnen sage: Es ist von euch schändlich, das Andenken an Mermoz [7] zu beflecken, nur aus dem Grunde, weil er eine politische Meinung vertrat, und wenn ihr verlangt, ich solle mich näher erklären, so weiß ich keine Antwort. Das Rationale hat hiermit nichts zu tun.

Ich weigere mich, darüber Überlegungen anzustellen. Ich habe eine Wahl getroffen. Ich sage: «Ein Mensch verdient Achtung, einerlei welche Ideen er vertritt.» So sieht meine Kultur aus. Ich gehe von diesem Axiom aus und münde nicht darin ein. Ich suche in den Menschen, was universal an ihnen ist, denn ich bedarf, um mich darin zu ergehen, eines großen Reiches.

Sie reden von Auswanderung und zeigen sich darüber entrüstet. Und ich verstehe das nicht recht. Denn wenn ich mein Vaterland verteidige, so deshalb, weil es eine Kultur, Vorstellungen, eine Sprache, einen gewissen Menschentyp verkörpert. Das gemeinsame Maß dieser Menschen, insoweit ich dafür eintrete, besteht keineswegs im Wohlklang eines Vokabulariums: Provenzalen und Bretonen sind Franzosen.

Doch wenn mein Vaterland sich entzweit, finde ich möglicherweise heraus, daß ich einem Ausländer, der durch die gleiche Religion, die gleiche Moral, die gleichen Werte geformt wurde, näher stehe als einem Franzosen, mit dem ich nichts gemeinsam hätte als den Wohlklang einer Sprache, bei der sich vielleicht sogar der Inhalt gewandelt hat. Dieser törichte Patriotismus des 20. Jahrhunderts besteht nur noch aus schlechtem Korpsgeist. Er deckt sich mit der Begeisterung einer Mannschaft, die nur die Farbe der Tricots zusammenhält, während sie die wahren Gemeinsamkeiten vernachlässigt.

Er steht links, weil er die Massen *liebt*. Und ich, weil ich sie nicht liebe.

Ich – ich liebe die Menschheit.

Beiläufig berichten die Herausgeber dieses Buches, daß die Notizbücher (*»Carnets«*), in denen Saint-Exupéry seine Gedanken notierte, *»en cuir«* waren, also in Leder gebunden. Dies läßt den Schluß zu, daß der

Verstand und Sprache

2

Ich kann den Menschen nicht begreiflich machen, wie bequem es für sie wäre, wenn sie eine Sprache hätten. Ich kann Leuten, die vor Descartes gelebt haben, nicht begreiflich machen, wie klar ihnen die Welt erschiene, wenn sie sich gewissen Begriffen unterordneten.

Die Menschen glauben an die Unordnung in ihrem Inneren, als wenn sie vor Descartes an die natürlichen Widersprüche, an die natürliche Verwirrung hätten glauben können. Sie wissen nicht, daß die Differentialgleichung eine *Betrachtungsweise* ist. Sie bemühen sich, aus dem Widersinnigen Gesetze zu gewinnen, während es doch lediglich eine Sprache zu finden gilt, in deren Ordnung es nichts Widersinniges mehr gibt. Sie wissen nicht, daß das gleiche Ereignis widersinnig ist und nicht widersinnig, verworren und klar, widerspruchsvoll und zusammenhängend.

Sie haben schon so viele Baustoffe angehäuft und so viele Mythen gebildet (durch die Newtons mathematische Physik ihr Korrektiv erhält), um sich über jene Unfähigkeit, etwas zu *erfassen*, Klarheit zu verschaffen, die den Menschen in der Wirtschafts- und Sozialwissenschaft kennzeichnet; sie werden daher schwerlich auf diesen unergiebigen Gesichtspunkt verzichten...

Es wäre wirklich seltsam, wenn der Mensch mittels seiner Sprache nur die Welt erfaßte und ihr Zusammenhang verliehe – nicht aber sich selber und den Bereich seines eigenen Lebens in den Griff bekäme...

Eines läßt mich von vornherein am Schaffensvorgang verzagen: *daß ich nicht weiß, was ich sagen werde,* oder vielmehr, ich weiß nicht, wie ich meine Brücke zwischen der nicht formulierten Welt und dem Bewußtsein bauen soll. Eine Sprache muß ich mir erfinden. (Der Vorgang vollzieht sich im Inneren: ich muß mir bewußt werden.)

Man verlangt von manchen, um über sie urteilen zu können, daß sie sich oder das Leben, auf dem sie beruhen, formulieren sollen. Und das ist gerade die schöpferische Denkoperation, die am schwersten fällt. Seht sie leben! Schaut jener Frau zu: der Krankenpflegerin oder der Mutter – aber hört sie nicht an! Um die Welt zu erfassen, stehen ihr nur jene Kategorien zur Verfügung, mit denen sie der «Lyoner Stadtanzeiger» befruchtet – jenes vergilbte Zeitungsblatt, das ich auf ihrem Tisch liegen sah.

Ein Land ist keineswegs, wie es in den Zeitungen heißt, *Opfer seiner Politiker*. Es ist Opfer eines Mangels an begrifflichem Rüstzeug, mit dem es die Welt erfassen und die Ereignisse einordnen könnte. Es handelt sich um ein Sprachenproblem, dem die Politiker ebenso wie die anderen unterworfen sind. Es ist durchaus nicht Sache der Politiker, Begriffe zu bilden. Das ist Geistesarbeit. Aus diesem Grunde lenkt der Geist die Welt.

Man ist gewandt, ja, vielleicht, aber man ist es vermöge einer Sprache. Auf Grund des äußeren Scheins nimmt man an, Gewandtheit lenke die Welt, während es die Sprache ist.

«Ich habe vereinfacht», sagt Hitler. Das stimmt. Die arische Vorstellungswelt vereinfacht. Freilich ebenso schlecht wie der Klassenbegriff, der ebenfalls vereinfacht. Er ist jedoch zwangsläufig ungerecht, bis sich die Welten auf seine Veranlassung vollkommen geordnet haben. Der Proletarier ist aus Marx hervorgegangen.

Wir sind uns alle einig, daß der Mensch größer ist, wenn er mystisch ist statt egoistisch. Mystisch sein, heißt hier, sich ein gemeinsames Maß geben, das außerhalb des Ichs liegt. Man begegnet sich besser von Mensch zu Mensch mit Hilfe Gottes, des Universalen oder der Fahne oder sogar des Billardspiels, als wenn man einander sucht (ist nicht das gemeinsame Maß das Wesen der Sprache?). Doch das ist es nicht, was die Menschen vor allem brauchen. Dieses Heilmittel ist nur ein künstlicher Peitschenhieb, da es die Wirkung kuriert und nicht die Ursache. Die Wirkung ergibt sich aus jener Abstumpfung, jener Lieblosigkeit der Menschen, die nicht mehr das Weltall begreifen, sich im Wirrwarr abnutzen. Eine Synthese ist nur von Wert, insoweit sie eine neue Sprache anbietet, welche die Antinomien löst. Sie allein kann

Bekehrungen bewirken. Denn man beweist nicht, man bekehrt. Man bietet eine neue Sprache an, und die Menschen, die sie unwillkürlich zu gebrauchen suchen – diese Menschen, die man am Ärmel gezogen hat, kosten auf einmal diesen Zusammenhang der Welt, ebenso wie einer, der das Leben des Dominikaners erprobt, ein neues Wesen in sich entdeckt; nunmehr kann er es dem früheren vorziehen oder nicht, während es keinerlei Formulierung gab, die ihm einen Vergleich ermöglicht hätte. Nun ist aber das Verlangen nach Zusammenhang so stark, daß der Mensch früher oder später die Sprache annimmt, die ihm solch einen Zusammenhang bietet. Und so wird er Christ, Cartesianer, Newtonianer, Marxist – so, wie es die neuen Synthesen verlangen.

Doch diese fruchtbare Sprache vermag nur insoweit zu bekehren, als sie dem Neophyten voll und ganz auferlegt wird. Wenn nämlich jemand in den ersten Jahrhunderten verkündet hätte, die Anziehung der Körper stehe im umgekehrten Verhältnis zum Quadrat der Entfernung, so hätte er nur eine Dummheit geäußert. Es trifft das zu, wenn die Wirkung der Gegenwirkung entspricht und wenn sich das Licht geradlinig bewegt und wenn ... (das heißt: das Zutreffende daran ist die Sprache Newtons in ihrer Ganzheit.)

Daß der Hitlersche Zusammenhang dem deutschen Traum genügte, beweist nur, daß dieser Traum geringe Ansprüche stellte. Anders gesagt, daß der Deutsche auf der Stufenleiter des Bewußtseins nicht sehr hoch gekommen war. Gleichwohl bleibt bestehen, daß Hitlers Lehre, wie er selber eingestanden hat, genau in dem Maße eine Bekehrung bewirkte, als sie einer Synthese glich.

Was die italienische Bewegung angeht, die nicht auf ein Dogma gegründet ist, so sind die Ursachen ihres Erfolges noch eindeutiger. Indem die Anarchie sich ausbreitete (denn es handelte sich keineswegs um Kommunismus im stalinistischen Sinne), begründete sie ihr Gegenteil: das Streben nach Ordnung. Gleichzeitig mit einer anarchistischen Armee bildete sich eine Armee der Ordnung. Und das bloße Verkündigen eines gleichen Konflikts führt die Lösung herbei. Denn in einer militärischen Auseinandersetzung bei ebenbürtiger geistiger und materieller

Macht wird die auf der Mystik der Ordnung gegründete Armee über die Armee der Unordnung obsiegen. (Und das aus dem Grunde, weil Ordnung eine Qualität ist.)

Der Faschismus hätte nicht so leicht über einen stalinistischen Kommunismus triumphiert (siehe Spanien).

Wenn eine Gesellschaft gut gebaut ist – und den Gleichgewichtszustand erreicht – vollzieht sich alles unsichtbar, weil nichts sich bewegt. Und gewisse Vögel bestehen nur aus Musik und Farben. Doch wenn man den Sperber ausmerzt, der sich von ihnen nährt, so verwüsten sie einem die Erntefelder. So steht es mit dem Druck der ruhigen See: ich kann die Deiche entfernen ...

Wir können uns schwer vorstellen, daß der Mensch den Krieg lieben kann; und wenn jenes Volk in den Krieg zieht, erfinden wir den Wahnsinn eines Hitler. Die *Worte* sind es, welche die Katastrophe herbeigeführt haben (Verbales Delirium, Hirnverwirrung) – während, auf der anderen Seite, die Worte das Wunder bewirkt hatten. Wir waren von der Göttlichkeit schöner dauernder Gefüge beherrscht. Sie hielten die Masse des Meeres im Gleichgewicht (so, wie in einer Kaserne das Gefüge der Konventionen bewirkt, daß ein waffenloser Oberst eine bewaffnete Menge im Zaume hält).

In der Tat: Wenn man die Worte vergißt, so ergießt sich die begierige und kompakte Gattung Mensch über wenig bewohnte und grünende Gebiete. Sie opfert Individuen, aber der Raum, die lebendige Natur ohne geistiges Bewußtsein kümmert sich wenig um Individuen. Immerhin sind Worte der Grund, daß Italien nicht über Tunis herfällt; daß Italien feige ist. Es wird von einem geistigen Gefüge (Lebensfreude) beherrscht, das es den Krieg nicht lieben läßt. Mussolini ist nicht ein Sieg der Worte. Er ist ein Sieg über die Worte. Und im übrigen nehmen wir bei einem deutschen Überfall vor allem daran Anstoß, daß dabei nicht auf ein gewisses geistiges Gesicht Rücksicht genommen wird. Daß das Faktum Holland nicht das Faktum Deutschland im Lote hält. Woran wir Anstoß nehmen, ist ein Bruch in der Sprache.

Wenn ich eine Sprache erfinde (Hitler), welche die Menschen den Tod bejahen läßt, so bin ich nicht wider die Natur. Die Natur willigt darin. Meine Sprache findet ihre Wurzeln in den Trieben der Gattung.

Das Paradox, das ich zunächst den Dummköpfen entgegenhalte, ist zweifellos amüsant.

«Wißt ihr, weshalb ein Stein fällt?»

«Ja, weil er von der Erde angezogen wird.»

«Was heißt Anziehung?»

«Nach etwas streben; auf etwas gerichtet sein.»

«Wie nennt man: ‹auf etwas gerichtet sein›, wenn es sich um die absteigende Senkrechte handelt?»

«Fallen.»

«Ein Stein fällt also, weil er fällt.»

«Sind Sie nun mit sich zufrieden?»

Und dann halte ich den Idioten die Denkoperation Newtons oder Einsteins entgegen. Ich folgere daraus, daß Begreifen das Erschließen eines allgemeineren Phänomens bedeutet. Vielleicht, aber weder Newton noch Einstein erheben – in gewissem Sinne – darauf Anspruch, daß sie mehr erfaßten als der Dummkopf. Sie finden in der Tat nur Strukturen heraus, aber *erreichen* keine Wahrheit. Und auch der Dummkopf hatte seine Strukturen herausgefunden, und zwar recht wesentliche. Ein Stein fällt, ohne daß es darauf ankäme, welche Farbe er hat oder an welchem Wochentage er fällt oder ... Auch der Dummkopf verknüpfte den Fall dieses Steins mit einem allgemeineren Phänomen.

Es lassen sich nur Wiederholungen voraussehen und begreifen; es bedeutet das, etwas herausfinden, was sich wiederholt. Begreifen heißt, einen Begriff herausfinden (den des Steins, seiner Farbe oder seines Tages), und Newton hat lediglich einen allgemeineren Begriff herausgefunden, der verschiedene Arten von Fallbahnen einbezog. Und so war der Dummkopf mir gegenüber im Recht.

Der Begriff dient dazu, zu bestimmen, welches das Element ist, das sich wiederholt, und das ich daher wiederfinden werde. Und Pasteur hat die Wiederholung bestimmt, die sich auf das von Tollwut bedrohte Kind anwenden läßt. Und Newton bestimmte die Wiederholung, die Leverrier auf den neuen Stern [8] anwenden konnte, und der Dummkopf, den ich weiter oben erwähnte, bestimmte die Wiederholung, die sich auf Steine verschiedener Farbe anwenden läßt.

Die Erschaffung eines Begriffs ist die Erschaffung einer Gesamtheit im Zusammenhanglosen – eines Gefüges oder eines Netzes von Beziehungen, die durch bedingte Reflexe verbunden sind.

Wenn ich im Zusammenhanglosen eine Gesamtheit erschaffe, so zeige ich ein Gesicht. Wenn ich sie durch die gefühlsbestimmte Macht eines Werkes schaffe, ihr ein verbindendes Netz baue, so begründe ich sie. So wird ein Wesen geboren (nur dann). Und es ist einfach, weil das, was ich einfach nenne, ein untrennbares Ganzes bildet. Oder etwas, was zerstört wird, wenn ich die Summe der Teile bilde.

Deshalb kann ich sagen, der Begriff sei einfach, obwohl er sich aus Zusammenhanglosem zusammensetzt; sein Wesen (und seine Eigenschaften) transzendieren das Zusammenhanglose (Philosophie des Auftauchenden). Etwas wurde hinzugefügt. Dieses Etwas ist eins.

Der eine ist stolz darüber, daß er den komplexen Menschen entdeckt hat, der andere aber, daß er die Einheit entdeckt hat.

Wie verdichtet sich eine Struktur im gedachten Gegenstande? Oder: ist vielleicht ein gedachter Gegenstand nichts als Struktur? (Daher: Psychoanalyse.)

Der gedachte Gegenstand ist nicht ein in einer Schublade verwahrtes beständiges Bild: er ist ein System von Beziehungen. Das Wunder besteht darin, daß man mit einem Worte ein beständiges System von Beziehungen definiert. Das Bewußtsein ist jenes Etwas, das nicht nur jenes System von Beziehungen erleidet, sondern es in gewissem Sinne erfindet, es beherrscht, ein Wesen daraus macht; doch Sprache und Bewußtsein machen zwei Wesen daraus; und wenn man das Wortgedächtnis verliert, so bedeutet das keineswegs, daß man das Bewußtsein von Beziehungen verliert, die ihrerseits nicht lokalisiert sind.

Das Wort ist nur die Ausdehnung eines Systems von Beziehungen auf muskuläre oder das Gehör betreffende Verrichtungen, vermöge eines geeigneten Reflexes.

Die schöpferische Hervorbringung ergibt sich aus der Möglichkeit, den Typ der Struktur zu wechseln, was im Bereiche des Worts vom Schöpfer verlangt, daß er sich nicht von Worten täuschen läßt, und im Bereich des Begriffs, daß er sich nicht von Begriffen täuschen läßt. Die Beziehungen allein sind Wahrheit. Doch das ganze komplexe Beziehungsnetz kann unter verschiedenen Aspekten gesehen werden.

Der Primitive, der den Begriff «rot» vom Begriff «kalt» schied, vollbrachte damit eine rein schöpferische Leistung, die sich mit der Leistung Newtons oder Einsteins vergleichen läßt. Er vereinfachte dadurch die äußere Welt, daß er diese Scheidung *begründete*, die sich nur aus einer Betrachtungsweise ergibt. Sie ist erst Wirklichkeit, sobald sie begründet wurde.

Begriff. Ein Begriff ist die Individualisierung eines Ganzen oder genauer gesagt: einer Struktur. Und ich bediene mich sodann dieses neuen Wesens wie einer unveränderlichen Größe. Das *Rot* ist genau so ein Begriff wie die marxistische Klasse oder das umgekehrte Quadrat Newtons. Seine *Einfachheit*, seine *Einheit* ergeben sich ausschließlich aus seiner Beständigkeit als unveränderlicher Größe. Die Nächstenliebe ist ein Begriff und eine Struktur. Sie beherrscht ein gewisses System von Beziehungen. Doch sie wird erst insoweit zur unveränderlichen Größe, als ich den Begriff rette. Es gibt unveränderliche Größen, die ich begründe.

Der Begriff enthält die Definition, aber geht ihr voraus. Der Begriff ist die Idee, *dies da* zu definieren. (*Dies da*, was zuvor nur eine Gesamtheit war. Und nun zu einem Wesen wird.)

Wenn ich über eine beliebige gewundene Kurve verfüge, so ist jede regelmäßige periodische Kurve, die sich darin einfügt, ein Begriff. Der Begriff vereinfacht in diesem Falle das Universum. Und ordnet es. Und ich kann nicht sagen, daß ich diese regelmäßigen Kurven als Wahrheiten *wiederfinde*, die vor mir vorhanden gewesen seien und hier ihrer Natur nach verborgen wären, denn als ich aufs Geratewohl meine Zeichnung ausführte, dachte ich gar nicht an eine *regelmäßige* Kurve, sondern an eine beliebige gewundene Linie.

Doch jetzt, da ich über diese Sprache verfüge, kann ich meine Kurve ausdrücken, indem ich sie benenne, wie auch irgendeine ihrer Besonderheiten, zum Beispiel eine Abszisse. Und das genügt mir, um an dieser Stelle das Geordnete zu erkennen. Worin besteht der Gewinn?

Augenscheinlich hatte meine Kurve keinen Namen, und ich habe sie benannt. Durch die Benennung drücke ich ihre Eigenschaften aus. Doch das ist keine rechte Antwort auf meine Frage. Vielleicht habe ich einen transzendentalen Vorgang bewirkt, eine Kurve gezogen, die zunächst nur als Linie auf einem Blatt Papier einen Sinn hatte. Sie konnte nicht *gedacht* werden, aber ich kann fortan jedes Bild vergessen und sie gleichwohl in mir bewahren. Ich bin zu einer anderen Begriffsstufe hinübergewechselt.

Ich halte die Naturgesetze für einfach, weil mich dünkt, ich könnte sie durch eine begrenzte Summe ihrer Glieder ausdrükken. Nichts beweist mir, daß nicht eine unendliche Zahl nötig wäre, um völlig genau zu sein. In diesem Fall gibt es genau so wenig ein Gesetz, das die Natur *beherrscht*, wie es ein Gesetz gibt, das den Verlauf dieser von mir aufs Geratewohl festgelegten Kurve bestimmt. Wenn mir aber eine Kurve *alle* Naturerscheinungen darstellt, so wird mir diese Summe ihrer Glieder einigermaßen über die zwischen ihnen bestehenden Beziehungen Klarheit verschaffen.

Psychoanalyse: ich kann nicht unmittelbar wissen, was mir zum Beispiel gefällt oder mißfällt, denn das, was mir gefällt oder mißfällt, ist keineswegs eine Tatsache oder ein Bild, sondern eine Struktur. Eine Struktur ist bestimmend wie ein Wort (etwa *Ehre*), das nie etwas anderes ist als eine Struktur. Wenn ich dieses herausgefunden (und formuliert) habe, zerbreche ich es vielleicht als Struktur. In jedem Fall füge ich einen Bewußtseinsvorgang hinzu; wußte ich doch nicht, wie ich eingreifen sollte, da ich den Gegner nicht zu Gesicht bekam (ihn nicht zu formulieren verstand).

Wenn ich vom *Zerbrechen einer Struktur* spreche, gleite ich in die Verwendung einer willkürlichen Analogie hinein, aber es bestehen immer Aussichten, daß eine so naheliegende Analogie noch irgendeine Wahrheit einfängt. (Und das vielleicht aus Kontinuität.)

Wenn man in der Ordnung der begrifflichen Wahrheit Heilung von einer Neurose erwünscht, ist die Libido ein fruchtbarerer Begriff als der Teufel. In der Ordnung einer gewissen moralischen Gesundung taugt der Teufel mehr als die Libido. Die Worte sind Becher, Synthesen der Wahrheit. Sie verknüpfen bestimmte Vorstellungen miteinander. Sie schaffen eine bestimmte Ordnung. Und die Libido hat keinen absoluteren Sinn als der Teufel. Darin besteht der entscheidende Begriff.

Die Sprache ist weit davon entfernt, alles mitzuteilen oder alles zu enthalten, denn es gibt nicht bezeichnete Strukturen und zweifellos unzählige dieser Art.

Unter diesem Aspekte ist die Psychoanalyse die Besitzergreifung einer jener Gesamtheiten, die unabweislich sind, weil sie nicht begriffen wurden, durch das Bewußtsein.

Es ginge also nicht darum, *eine Struktur zu zerbrechen,* sondern sie zu bezeichnen ...

Die Psychoanalyse: ihr wesentlicher Zweck ist die Suche nach dem *Sinn* der Dinge. Was hat ein Traum für einen Sinn? Und das erscheint zutreffend. Doch was ist der Sinn einer Handlung? Oder eines dichterischen Bildes? Und ohne es vielleicht deutlich zu erkennen, nährt die Psychoanalyse den Traum durch ein gemeinsames Maß. (Das Individuum, Empfindungen und Handlungen, ist unendlich einfach; nur die Sprache kompliziert es, die keine geeigneten Epitheta besitzt, um jene Mischung aus Eifersucht und Generosität auszudrücken, welche wir Komplex nennen.) Ich bemühe mich also, aus den Symbolen dieses gemeinsame Maß herauszulesen.

Ich belaste mich jetzt mit der Theorie der Verdrängungen und des Unbewußten und des Sexuellen. (Falls das Individuum wirklich eine Einheit ist, werde ich auf der sexuellen Ebene wie auf den anderen stets einen symbolischen Widerhall finden.) Doch ich weiß nicht, was man unter einer *Ursache* versteht.

Bei der Verbindung der sozialen Sprache mit dem organischen Gebiet stellen sich die Probleme. An der Lötstelle und im Augenblick der Verlötung des Menschen als eines Gesellschafts- und eines Gattungswesens.

Lange vor der Gelegenheit trug A., das Individuum, seine Bestimmung und seine Neurose in sich.

Ein Individuum ist ein Ganzes. Und das Aufpfropfen einer Sprache zeitigt bestimmte Ergebnisse auf bestimmten Böden.

Nun ist aber der Boden abhängig vom Klima, von der Ernährung, von der Temperatur. (So werden die Fliegen grau oder schwarz entsprechend der Umwelt.)

Die Umwelt kann nicht ohne Wirkung auf das Psychische bleiben. Und aus der Divergenz der Schicksale auf Grund einer vorzeitigen Trennung kann man keineswegs den absoluten Schluß ziehen, die erlittenen Verdrängungen seien schon eingeboren und nicht gelegentlich gewesen. Denn der Boden ist nicht mehr der gleiche.

Im Falle der verbundenen Zwillinge bestehen erhebliche Chancen, daß sich die parallele Verdrängung nicht aus dem gleichen Anlaß herleitet.

Der Mensch. Alles ist subjektiv und mit dem Psychischen verknüpft. Der Schmerz zumindest ist relativ und erfordert das Vorstellen des nächsten Augenblicks. Der Faustschlag, die Kugel, die unerwartete elektrische Entladung *schmerzen* keineswegs, aber da sie alsbald in die Zukunft projiziert werden, *schmerzt* der Selbsterhaltungstrieb. So macht die Kampfeshitze gegen Schmerz unempfindlich.

Auch gewisse psychische Haltungen bieten Schutz. Und wenn sich der *Heitere* gegen den Schimpf aufbäumt, so besteht wenig Hoffnung, daß man ihm durch physischen Zwang beikommen könnte. Zunächst, weil er nichts zu verlieren hat, bedeutet Gefängnis für ihn Ruhe, auch macht ihn sein Haß gegen Schmerz unempfindlich – vermöchte er doch, sich zu verstümmeln, um ihm Ausdruck zu verleihen. Indessen kann er durch das Psychische getroffen und gefesselt werden: daher die Bedeutung von: «jemanden in Beschlag nehmen». Jede Autorität geht verloren, wenn irgendein psychischer *Fauxpas* begangen wird. Wenn bei irgendeiner Regel des geheimnisvollen Spiels ein Irrtum unterläuft. Etwa: *lächerlich machen.* Und keine Sanktion wird die zerstörte Ordnung wiederherstellen. Denn von nun an wird jede Strafe nicht als Ausdruck der Autorität, sondern als ein Eingeständnis der Ohnmacht, eine klägliche Rache empfunden werden. Der Führer wird gegenüber der Tapferkeit des Gläubigen nur noch als elender Folterknecht dastehn.

Der Psychoanalyse mache ich vor allem eins zum Vorwurf: diese Vorstellung, die sie vermittelt, ohne sie übrigens immer auszuwerten, daß sich ein geheim gehaltenes Unbewußtes dem Bewußten entgegenstelle. Ihr zufolge sind die Denkvorgänge nahezu die gleichen im Unbewußten, aber werden gleichsam durch einen anderen in seinem wohlbehüteten Geheimnis bewirkt. Jenes Etwas, das mein Unbewußtes formuliert, wird von mir *zensiert* und zum Symbol gewandelt.

Offenbar übertreibe ich. Ein Psychoanalytiker würde protestieren. Ich bin aber meinerseits der Ansicht, daß sich das Unbewußte in keiner Form dem Bewußten entgegenstellt. Das Unbewußte ist die Gesamtheit der Strukturen, aus denen sich das Individuum zusammensetzt. Das Bewußtsein ergänzt diese Struktur durch Wortkategorien. Es ergibt sich ganz natürlich, daß ich mich symbolisch ausdrücke. Gesetz des größten Ausdrucksbedürfnisses. Ich wähle das Symbol, das am besten meine Struktur umschreibt, sie am vollständigsten wiedergibt. Ich kann die Worte des Rätsels, seine wirkliche Ursache vergessen, nicht aber die Struktur, die seine einzige Wirklichkeit ist; daher wirkt es wie eine Verdrängung, wenn ich diese Struktur durch andere Bilder als die historische Wirklichkeit ausdrücke. Doch ich vergesse weit mehr aus der Kindheit: ich vergesse alles, das ausgenommen, was mich beeindruckt hat. Und wenn ich mich an meine Eindrücke erinnere, so ist es sehr wahrscheinlich, daß mein Gedächtnis nur eine Struktur ans Licht bringt. Ich wehre nichts ab; es gelingt mir nur unvollkommen, mich zu erinnern; denn der Akt des gedächtnismäßigen Überfliegens hat mich weniger geprägt als die Struktur.

Eine Struktur drückt eine innere Notwendigkeit aus, ist mit ihr begabt. In allen Symbolen wird sich diese Notwendigkeit wiederfinden. Das Symbol ist das Ordenskleid, das eine Struktur sichtbar macht.

Freud. Auf die eine oder die andere Weise geht es um das Problem des ersten Widerspruchs. Es gibt keinerlei Widerspruch im Bewußtsein des Tieres, das – einer oberflächlichen Logik zufolge – ein Bündel von Widersprüchen sein müßte.

Rührt nicht der Widerspruch davon her, daß ich, wenn ich eine Struktur und sodann eine zweite definiert habe, offensichtlich diese Wesenheiten gegeneinanderstelle, da ich sie als getrennt voneinander ansehe; oder zumindest trenne ich sie, während sie gewisse gemeinsame Elemente enthalten. (Ich vermag nicht Strukturen zu definieren, die nichts von der benachbarten Struktur in sich schließen.)

Psychoanalyse: der Mensch will das formulieren, was er erlebt. Wenn er nicht formuliert, erfindet er Handlungen.

Psychoanalyse: Man kann stets ein System erfinden, in dessen Ordnung sich jede Fehlhandlung mehr oder weniger deutlich durch eine tiefgehende Verdrängung erklären läßt. Freud hat recht, wenn er *stets* sagt. Doch «*stets*» findet nur Anwendung auf die Notwendigkeit der Lehre.

Über das Bedürfnis des Menschen, sich auszudrücken oder *sich ausdrücken zu lassen,* gäbe es viel zu sagen (und zu studieren). In welchem Falle ist es Unbehagen? Zweifellos im Falle des Streits oder des unüberwindlichen Widerspruchs. Dieses Unbehagen könnte es sein, das für den Fortschritt des Menschen die Voraussetzung schuf.

Wenn ich begreife, bin ich gerettet. Doch wo hat dieser Streit seinen Sitz, da ich ja zugebe, daß er keineswegs dem Bereiche des Worts angehört, daß es durchaus keinen eindeutigen Streit gibt? Was könnte *organischer Streit* bedeuten?

Jedenfalls bedeutet Zensur: die Unmöglichkeit sich auszudrükken, und nicht: die Weigerung sich auszudrücken.

«Die Erkenntnisweise durch Wortbilder reinigt von dem Unbehagen, das die Erkenntnisweise durch organische oder starke Bilder hervorruft.»

Ich finde hier in jedem Fall die Beweggründe wieder, die den Fortschritt, den Aufstieg des Tiers zum Menschen und die begrifflichen Errungenschaften des Menschen bewirkt haben. Der Mensch ist etwas, das danach strebt, über sich hinauszuwachsen.

Die Erkenntnis: sie besteht keineswegs im Besitz der Wahrheit, sondern einer zusammenhängenden Sprache.

Die Seligkeit ist der Besitz des höchsten Begriffs, der Zugang zu einem *Gesichtspunkt*, der das Weltall vereinheitlicht. Meine Kenntnis des Weltalls als solchen hat sich nicht vermehrt. Doch es gibt keinen Streit mehr zwischen dem Weltall und mir.

Freud wird mir den Nachweis entgegenhalten, daß sich die Zensur stets auf etwas Unangenehmes erstrecke – und daß somit diese Unannehmlichkeit die Verdrängung rechtfertige. Darauf werde ich erwidern, daß diese unangenehme Empfindung ihrer Definition nach gerade das Unformulierbare betrifft. Ich gehe weiter als er, denn ich meinerseits vermag zu sagen, weshalb die erlittene Erfahrung unangenehm war, und zugleich auch, weshalb sie der Zensur unterworfen wurde. Ein Zwiespalt, der sich zunächst nicht bewältigen ließ, bevor nicht eine klare Vorstellung herausgearbeitet wurde. Immerhin zeigt mir der Mensch durch alle diese Bemühungen deutlich, daß er zu begreifen sucht.

Bleibt noch die Frage der *Fehlhandlungen;* daß sie nie zufällig erfolgen, gebe ich zu. Meine Kritik richtet sich gegen die Verbindung zwischen dieser ganz natürlichen Weigerung (die man durchaus nicht aus einem komplizierten Mechanismus herzuleiten braucht) und der Rückkehr zu einer Vermummung von etwas Unangenehmem.

Darin steckt Freuds innerer Widerspruch. Weshalb sollte ich nicht ganz einfach dieses Unangenehme vergessen? Weshalb dieser doppelte Vorgang der Weigerung und der Rückkehr? Dieses falsche Bild eines unterdrückten Gewissensbisses? Es gibt viele Dinge, die ich zu vergessen verstehe.

Ich weiß genau – und das ist grundlegend:

a) daß ich in einem Erschöpfungszustand, in dem jede Anstrengung des Bewußtseins unmöglich ist, die Wirklichkeit ganz natürlich in symbolischer Form ausdrücke, ohne daß irgendeine Zensur eingreift.

b) ich weiß, daß diese Symbole vollständiger sind als der unbeholfene Ausdruck durch Worte.

c) ich weiß genau, daß ich mich nicht an die äußerliche Einzelheit, sondern an die Struktur des Ereignisses erinnere. Die Struktur macht das Wesen des Ereignisses aus. Es ist natürlich, daß ich die Modalität vergesse, um mich an die Struktur zu erinnern (daher der äußere Anschein der Verdrängung).

d) ich weiß genau, daß diese Ersetzung vielfältig ist.

Das Problem besteht darin, zwischen der Wirklichkeit und den Bemühungen des Geistes eine Brücke zu schlagen.

Es erscheint angebracht, die Psychoanalyse zu überprüfen und nur ihren hieb- und stichfesten Beitrag beizubehalten.

a) Beitrag: Die Psychoanalyse hat die Bedeutung der Symbolik, die Universalität der Symbole (der übergeordneten Symbole) ins rechte Licht gerückt; sie hat der Natur in der Kaskade der Symbole, die sie ausdrücken, ihre richtige Stelle angewiesen.

b) Doch sie hat diesen Ablauf der Symbole auf einen widersinnigen Begriff gegründet: die Verdrängung, oder, noch widersinniger: auf die Zensur (diese Begriffe sind nicht an sich, aber als Motoren der Symbolik widersinnig).

Dieses Verschwindenlassen und diese Verkleidung kommen mir anthropomorph vor; überdies spielt hier eine Vorstellung vom Unbewußten mit, die an einen unterirdischen Keller erinnert, in dem sich die Vorräte anhäufen, und von wo vermummte Gespenster entfliehen, die auf der Bühne des Bewußtseins ihren Walzer tanzen. Diese beiden Stockwerke sind Beispiele für jene analogischen Begriffe, die kein Gegenstück haben.

Augenscheinlich geht es bei dem aufgeworfenen Problem um folgendes: *Das Vergessene ist irgendwo vorhanden, also . . . Andererseits wirkt das Vergessene gleichwohl noch fort, also . . .*

Das Interesse ist ein schönes Beispiel für einen Begriff, der seiner Natur nach nicht unrichtig werden kann, der jedoch seine

Wirksamkeit verliert. Denn ich kann ihn unmerklich bis zum Paradox ausdehnen: es liegt im Interesse des Märtyrers, sich foltern zu lassen, oder vielleicht, um seiner Kunst willen vor Hunger zu krepieren; es liegt im Interesse von Mermoz, den Kapitalismus zu verteidigen usw.... Und wenn ich die Handlungen der Menschen durch solch einen Beweggrund erklärte, habe ich noch gar nichts erklärt.

Es steht ebenso mit dem Freudschen Sexualtrieb, der durch seine allzu große Ausdehnung mit dem Selbsterhaltungstrieb oder sogar dem Lebenstrieb gleichbedeutend wird (was ein vielleicht unwirksamer Gesichtspunkt ist).

Es gibt keine Ziele, wohl aber Regungen. Das Ziel ist Symbol, vor allem. (In der Politik sind alle Ziele die gleichen: Aufschwung, Glück, Wohlstand, Erfolg.) Doch wie erbittert entzweit man sich, sobald es sich um die Methode handelt.

Die Entwicklung durch das Maschinelle ist in gewissem Sinne ein Verhängnis für die Menschheit: sie stellt den Menschen außerhalb seiner begrifflichen Kultur, sie verändert den Menschentyp zu schnell, als daß sich jemals einer bilden könnte. Stillstand des Maschinellen: Es besteht die Möglichkeit, einen Menschentyp zu schaffen. Und in diesem Fall führt die endlich zum Stillstand gekommene Technik nicht zum Ameisenhaufen, sondern zur Kultur.

Der Mensch von heute stellt gegenüber dem Höhlenmenschen zwar keinen biologischen, wohl aber einen begrifflichen Fortschritt dar. Die Erziehung hat Vorrang vor der Belehrung: sie begründet den Menschen.

Problem der Belehrung und der Erziehung. Heißt es Mensch sein, wenn man die Summe der Winkel eines Dreiecks und den Längengrad von Rangoon kennt? Menschsein heißt, daß man durch den fruchtbaren Schatz der Vorstellungen (Gesänge, Man Ray, das Universale usw. ...) befruchtet worden ist; dadurch werden die menschlichen Beziehungen bestimmt – und sie sind durchaus das Wichtigste auf Erden (und deshalb gehen die

Freundschaften à la Mermoz den politischen Freundschaften vor). Sie bestimmen die Gefühlsregungen, vielleicht das ganze Seelenleben. Sie bringen den Unterschied hervor zwischen dem Höhlenmenschen und dem britischen Gentleman.

Törichte moderne visuelle Erziehung, die in der Tat prächtige Schliche ersinnt, um *ohne Mühe Wissen beizubringen*, womit das Kind auf die Rolle eines Formulars reduziert und einem Gepäck voller Kenntnisse ausgeliefert wird, statt daß man ihm einen Stil – und auf diese Weise eine Seele formt.

Einziges Richtziel der Erziehung: der Stil. Es kommt in keiner Weise auf das Gepäck an (Belehrung), sondern auf das Werkzeug, das der Erfassung dient.

Man vergißt heutzutage jenes grundlegende Problem, das zu den moralischen Fragen gehört. Denn der Stil ist die Seele. Und man erschafft nur insoweit diese Seele, als man sich einen Stil schmiedet. (Der Landmann hat einen Stil.) Heutzutage belehrt man, aber erzieht nicht mehr. Und der Mensch, der nicht einmal seinem Kummer eine Form zu geben vermag, wird zu Suppenfleisch. (Man könnte auch sagen: «Sich bewußt werden heißt, einen Stil erwerben.»)

Gründe finden bedeutet bereits: erschaffen. Wenn ich eine Wahrheit begründe, so wie Mermoz die seine (Landflugzeuge [9]), wenn ich meine *Gründe* darlege, so sind diejenigen, die ich finde, bereits Methode und Werkzeug, um zu erfassen.

Im Stil steckt die Bemühung, und sie ist Handlung.

Vielleicht gibt es keinerlei Entdeckung. Vielleicht besteht das Entdecken einfach darin, *darzulegen*, zu verbinden, zu ordnen (die Deduktion strebt nach Ordnung, und, je nach den Begriffen, nach einer bestimmten Ordnung). In der Psychoanalyse weiß man nichts und hat nur den Stromkreis der gedanklichen Assoziationen wiedergefunden. Man hat lediglich formuliert, daß es einen fortwährenden Fluß gibt, aber die Richtung, die der Fluß eingeschlagen hat, bleibt ein Geheimnis; der Begriff in der Wissenschaft ist identisch mit der Richtung. Sie ist der schöpferische Akt. Sie ist die Einbeziehung des *Sinnes* in die Landschaft. Und unsere Syllogismen dienen nur noch dazu, meine Landschaft in diesem Sinne zu ordnen. Danach sehe ich klar.

Ich ergreife Besitz von der Welt durch Worte.

Eine Entdeckung ist die Wahl einer Vorstellnug und ist niemals «evident» in dem Sinne, daß sie sich von einer Theorie oder einer Denkweise ableiten ließe. Sie rechtfertigt sich nur durch ihre Fruchtbarkeit. (Sie *steht im Gegensatz* zur Theorie.)

Wenn mir die zunehmende Kompliziertheit der zeitgenössischen Wissenschaft auffällt, spüre ich, wie die Wissenschaft immer schwieriger wird.

Und doch war sie noch schwieriger, als man an das Studium der Natur heranging. Sie war weit widerspruchsvoller und verworrener, wenn man von der damals gesprochenen Sprache ausgeht.

Wir hätten eine neue Sprache nötig.

Man *entdeckt* nicht, daß der Kreislauf durch seine *Geschwindigkeit* eine Rolle spielt, man wird es gewahr.

Man entdeckt indessen den Blutkreislauf. Aber wäre es nicht angebracht, in diesem Falle zu sagen: *man beobachtet?*

Gibt es beispielsweise eine Entschlüsselung von Sexualproblemen oder einfacher gesagt: eine Sprache? Mit anderen Worten: vollzieht sich die Entdeckung durch ein Vordringen ins Innere oder dadurch, daß auf Grund neuerer Begriffe bereits entwickelte Einsichten umgruppiert werden?

Inwieweit ist eine Wissenschaft lediglich eine Sprache?

Inwieweit sind im übrigen meine Beobachtungen selber unabhängig von den Begriffen?

Wenn ich beobachte, unterscheide ich. Ich wäre vielleicht nicht auf den Gedanken gekommen zu unterscheiden.

Problem: Wie gelangt man dazu, die beobachteten Wahrheiten *festzustellen* (siehe weiter oben)?

Ihr wißt nichts von der Außenwelt, außer daß es Konstanten in ihren Übermittlungen (somit in den Aspekten) gibt.

a) Ich empfange Mitteilungen.

b) Ich beobachte Konstanten.

c) Gewisse Konstanten wirken unmittelbar auf mich ein (Tropismen). Etwa die Konstante Frau, Wunde, Feuer, Post, Nahrung — ungeordnete Aufzählung schlecht ausgewählter Objekte. Da gewisse Konstanten mechanisch auf mich eingewirkt haben, ergeben sich gewisse Wirkungen.

d) Wirkungen dieses unabweislichen Ablaufs. Sind sie peinlich (definieren!), verknüpfen sie mittelbar die Konstante mit dem peinlichen Eindruck und verdrängen ein die Bewegung auslösendes Bild (in umgekehrter Richtung wie den die Bewegung bewirkenden Tropismus): Psychismus.

Fortschritt und *neue Anwendung* unterscheiden.

Das Scheitern einer neuen Anwendung führt entweder zum Fortschritt oder zur Komplizierung einer Sprache. Wenn sie zu kompliziert wird, muß man *Revolution* machen.

Denken, *um zu beobachten*, verlangt den Nonkonformismus des Beobachtenden. Falls man im Bewußtsein der Welt einen noch so leichten Gewinn erzielt, so geschieht das vor allem, weil sich jene Art Kurzschluß zwischen zwei Vorstellungen herstellen ließ, welche die in Betracht kommenden Begriffe nicht verknüpften oder sogar verleugneten. Das Erstaunliche ist, daß es aus *Zufall* zu einem Kurzschluß gekommen ist, aber ebenso wie in der biologischen Chemie bietet der Zufall keine Erklärung. Denn die unergiebigen Kurzschlüsse sind zahllos (und in diesen plötzlichen dirigierten oder ergiebigen Kurzschluß scheint sich mir, in noch äußerst verschwommener Gestalt, das Bewußtsein einzumischen). Dieser besonders geartete Zufall organisiert die Welt, statt sie zu desorganisieren, wie das üblicherweise sein Bestreben ist. Man findet keineswegs durch Zufall. Man findet ebensowenig durch logische Deduktion.

In dieser einfachen *Beobachtung* (und dies gilt es zu klären) steckte eine schöpferische Tätigkeit meines Bewußtseins.

Immer das gleiche Problem der mathematischen Intuition. Man geht denselben Weg zurück, um die Früchte der neuen Synthese zu pflücken. Man leitet die Kette der Syllogismen ab, aber ohne Intuition des Pols hätten sie sich nirgendwohin bewegt.

Ich ergreife Besitz von der Welt durch Worte. Doch es gibt offenbar Beobachtungen, und manche von ihnen werden durch meine Vorstellungen herausgefordert. Und geschähe das im Namen der Analogie?

Sollte die Analogie auf Grund der Einheit des menschlichen Geistes als Methode erlaubt sein? Besteht von Natur ein Unterschied zwischen dem Vorgehen des Paracelsus, der das Natronsalycil erfindet, und irgendeiner wissenschaftlichen *Deduktion*? Nein, Newton ist der Begriff.

Ich sage: «Alles geschieht, wie wenn . . .»

Dann kommt ein Tag, an dem etwas geschieht, was nicht vorgesehen, nicht in meinem «wie wenn» enthalten ist . . .

Dann ändere ich die Analogie.

Und die Wissenschaft beginnt wieder von neuem.

Bestand nicht der Beitrag Descartes' darin, daß er eine Methode ersann, durch die sich gültig *Analogiepunkte* auswählen lassen?

Sie sind rein empirisch, meine Begriffe. Sie werden durch ihre Wirkungen begründet. Diese sind nicht empirisch, sondern willkürlich.

Doch auf welchem Wege hat Descartes, dieser Schüchterne, sie so wirksam gemacht?

Wir werden bestimmte Begriffe als Leitbegriffe bezeichnen: die Mikrobe, das umgekehrte Quadrat, die Klasse oder sogar der Teufel sind Leitbegriffe.

Und die Wirklichkeit des Teufels ist mir ganz gleichgültig, ebenso wie die Wirklichkeit des umgekehrten Quadrats.

Und auch der Nachweis einer *absoluten Wahrheit* durch Koordinierung; ich beweise ganz einfach den augenblicklichen Wert eines bestimmten Leitbegriffs.

Wenn echte Zwillinge an der gleichen Stelle und verhältnismäßig zur gleichen Zeit von Krebs befallen werden, so bedeutet das, daß er in den ursprünglichen *Genen* enthalten ist, und nicht bloß einen örtlichen Zwischenfall darstellt.

Krebs: Es geht keineswegs darum festzustellen, wie es kommt, daß die Zellen anarchisch sind, sondern vielmehr, weshalb sie es im allgemeinen nicht sind. Wie vollzieht sich ihr Aufbau? Allmählich auf *sympathischem* oder *hormonalem* Wege (und in diesem letzteren Fall ließe sich nicht die geometrische Position erklären)?

Bietet für viele Krankheiten nicht die Zellenmutation eine Erklärung (die Dauer der Inkubation)?

Hier zeigt sich die Synthese zwischen *Erfahrung* und *Theorie*, über welche beiden man so lange diskutiert hat. Denn in der Tat lassen sich nur durch die Erfahrung, mittels der neuen, von ihr angeregten Antinomien, höhere Begriffe hervorbringen, die diese auflösen. Doch solche Begriffe sind in keiner Weise experimentell. Nicht die Erfahrung regt sie an, sondern der Mensch, um die Erfahrung zu ordnen. Um die Welt in dem Zustande zu erfassen, in dem die Erfahrung sie ihm darbietet.

Freilich schreitet die Wissenschaft ausschließlich durch Beobachtungen voran, oder – wenn man so will –: nur die Beobachtung hinterläßt ihre Spuren in der Wissenschaft. Wenn dem jedoch so wäre, bliebe es unverständlich, weshalb die Babylonier nicht schon die Wissenschaft begründet haben.

Der Begriff – es bleibt mir nichts übrig, als zu warten, bis er in mir entsteht. Ich habe keinerlei Möglichkeit, *nach ihm auf die Suche zu gehen.* Er kennt nicht – und zwar schon kraft seiner Definition – die Straße, die es einzuschlagen gilt. Es gibt nur *plötzliche Akte*, dann eine umfassendere allgemeine Darlegung in der neuen Sprache.

Ich kann nicht, auf Grund von Überlegungen, von einer Sprache zur anderen übergehen.

Wenn man den Ablauf eines Geschehens durch andere Gesichtspunkte erläutert, so wird dadurch der Wert dieses Ablaufs in keiner Weise gemindert. Denn der Wind in den Segeln führt zur Heimat. Doch der Wind ist weder die Heimat noch das Segel.

Freud liebt seine Tochter und ist der Schöpfer der Psychoanalyse; wird dadurch die Psychoanalyse auf die Liebe eines Menschen zu seiner Tochter reduziert? Wird dadurch nicht lediglich ausgesagt, daß es einen Mann gibt, der seine Tochter liebt und die Psychoanalyse begründet? Und das ist zweifellos eines der schönsten Beispiele, in denen die falsche Anwendung des Kausalitätsbegriffs zu Unsinnigkeiten führt.

Begriff des *Nebeneinander*. Das unwiderstehliche Bedürfnis sich *auszudrücken*, das Freud eigen ist, bewirkt, daß er Kausalität und Nebeneinander verwechselt.

Er wird eine der symbolischen Ebenen des Innenlebens durch eine andere von dessen symbolischen Ebenen ausdrücken.

Ihr behauptet, ihr könntet mir den Selbstmord erklären, indem ihr beweist, daß die Schritte eines Menschen ihn bis zum Fluß geführt haben. (So wird mir Trotzki, wenn er lediglich von den Ereignissen ausgeht, leicht beweisen können, daß die Revolution insoweit Schiffbruch erlitten hat, als die russische Verwaltung infolge der Person Stalins tyrannisch und beschwerlich ist. Und in der Tat hat der natürliche Lauf der Ereignisse, selbst wenn er sich aus anderen Gründen so abgespielt haben sollte, zwangsläufig die Gestalt einer von Stalin ausgelösten Handlung angenommen – einer Handlung, die wir als einen Fehler deuten können.) Es gibt die Ebene der Ereignisse (Fußspur [10]), es gibt die Leitebene (Idee des Selbstmordes). Stalin ist die Fußspur.

Wenn ihr mir sagt: «Mit diesem Ideal ist es wegen des Fortschreitens des entgegengesetzten Ideals bergab gegangen», so bringt ihr mich zum Lachen. Hat denn also das entgegengesetzte Ideal wegen der Verdunkelung des anderen Fortschritte gemacht? Sucht mir doch das gemeinsame Maß für die beiden Phänomene! Vergeßt doch im Falle des Selbstmörders die Schritte, die Hütte, den Strom, und erfindet mir eine hübsche Blondine, die in der Ferne lebt. Dann werdet ihr zu eurer Überraschung entdecken, daß die Wandlung der hübschen Blondine jede Logik in der Fußspur verändert und eurer Analyse eine andere logische Konstruktion nahelegt. Diese hübsche Blondine wird außerdem noch andere Vorgänge als die Entstehung dieser Fußspur erklären und eine allgemeinere Synthese ermöglichen.

Der große Irrtum besteht in der Annahme, man habe ein Thema erschöpft, wenn man dafür eine Erklärung gegeben hat (etwa den Schmerz, wenn man die Tränen erklärt hat). Freilich vermag ich durch Gleichungen die elektrischen Phänomene miteinander zu verknüpfen, die es mir gestatten, in meinem Zimmer Paris oder Buenos Aires zu hören. Aber diese Aufdeckung, diese Invasion, diese absolute Übereinstimmung?

Die Logik ist eine menschliche Vorstellung. Wenn wir eine Ursache gefunden haben, genügt sie uns so sehr, daß uns nichts die Annahme nahelegt, diese Form entspreche nicht auf anderen Ebenen zur gleichen Zeit anderen Ursachen.

Problem der Wechselwirkung. Ich weiß natürlich, daß die politische Weltlage, welche den Krieg wahrscheinlich macht, der Existenz und der Tätigkeit Basil Zaharofs zugute kommen wird. Ich weiß natürlich auch, daß Basil Zaharof, einmal zur Welt gekommen, bestrebt sein wird, die politischen Umstände, die ihn bedingen und ihm dienlich sind, zu fördern. Doch er tut das als Schmarotzer; und ich habe kein Recht zu behaupten, der so unwichtige Herr Basil Zaharof verursache die Kriegsgefahr, obwohl sich seine Aktivität nur in dieser Richtung bewegt. Denn die *Kriegsgefahr* verursacht sich selber, und ich habe nichts verstanden.

Ich weiß, genauer gesagt, daß es keinerlei Ursache gibt. Daß ich jedoch nicht irgendeins der mit dem betrachteten Element verbundenen Elemente, sondern dasjenige, das soviel Elemente wie möglich ordnet, als Ursache bezeichnen soll. Denn freilich mache ich die Leute von rechts stark, wenn ich ihnen Mut einflöße, aber ich hindere nicht die Linke, Anhänger zu werben usw. ... Und an dieser Stelle muß ich nicht nur erklären, weshalb die Rechte Rückschritte macht, sondern auch, weshalb die Linke an Boden gewinnt. Und weshalb die Intelligenz (Perrin, Langevin) nach links tendiert. Wenn ihr mir keine fruchtbarere Erklärung zu bieten habt, als lediglich *Erfolgshascherei*, so habt ihr mir nichts erklärt.

Es ist mir unmöglich, eine vernünftige Erläuterung, einen vernünftigen Angriff, oder sogar eine vernünftige Verteidigung niederzuschreiben – denn es gibt keinerlei Wahrheit.

Ich kann nur meine Sprache als geeignetste zur Erfassung der Welt anbieten. Seht, urteilt und wählt ...

Und die Menschen glauben unwiderstehlich an die bequemste Sprache, obwohl sie mich auf den ersten Anhieb nur ablehnen können.

Beziehungen zwischen dem Rationalen und dem Irrationalen. Das ist im Grunde das Problem.

Stil: sie wissen nicht, worum es sich handelt.

Und ich befürchte keineswegs, mir zu widersprechen, denn ich weiß, daß die Widersprüche nur das Gestammel, eine Sprache darstellen, die ihren Gegenstand noch nicht zu erfassen vermag. Ein jeder, der Widerspruch fürchtet und logisch bleibt, tötet in sich das Leben (ein jeder, der nicht den schmerzhaften Versuch macht, diese Wachstumskrankheit zu überwinden; ein jeder, der es ablehnt, Geburtshelfer zu sein), ein jeder, der in seinem Inneren das dunkle Werden fürchtet, das ihn mit dem Weltall verbindet – einem Weltall, das sich noch nicht formulieren läßt, da ja die beschränkte Sprache es nur tastend erfassen kann, wobei sie hier ein Stück Wand, dort eine Kante, dort einen Sockel, nicht aber die mächtige Kathedrale entdeckt, die mehr ist als die Stoffe – ein jeder, der nur die Formel sucht, nur das Formulierbare verwendet, ist bereits ein Toter.

Armseliger Widersinn: die Kinder, die nichts begreifen – das heißt, die alles begreifen.

Wissenschaftlich das magische Gelingen erklären, hieße noch nicht, es leugnen, aber einen Erfolg, der allgemein auf allen Ebenen gültig sein soll, auf eine andere Ebene übertragen. Weshalb sollte es eine Sprache geben, in deren Bereich solch ein Erfolg *widerspruchsvoll* wäre? Das gestellte Problem bliebe bestehen: *die Wirksamkeit der magischen Sprache*, Wert oder Unwert der *Beziehungen*.

Was erschaffen, geboren werden wird, das wird logisch sein, und nicht: was logisch ist, wird geboren werden.

Sobald man über sich hinausgeht, erreicht man das Universale – und die Größe des Menschen. Ich kenne keine erhabene Haltung, die sich auf das Vernünftige gründet.

Die Planung im literarischen Werk gehört zur Illusion der Logiker, der Historiker und der Kritiker. Denn die Kraftlinien ordnen sich zwangsläufig rings um den starken Pol.

Die Planung ist die Folge der starken Existenz und nicht ihre Ursache. Und wer spricht denn auch von der (vorangehenden) Planung der Symphonien oder der Skulpturen, die sich, sobald sie erst vollendet sind, als völlig geordnet darbieten? Wenn ich, bevor ich mein Werk schreibe, in großen Zügen einige seiner Regungen ankündige (hier steigt es an, hier kostet es irgendeine Erinnerung aus, hier ist es düsterer . . .), so wird es keineswegs durch diese Planung bedingt. Es ist nur Ausdruck davon, daß ich ein Werk zu schreiben habe. Denn offensichtlich stellt sich das Entscheidende zunächst als Struktur dar. Doch da meine Arbeit gerade ihrem Wesen nach darin besteht, die Struktur, auf die es allein ankommt, zu entdecken und freizulegen, ist der Gedanke etwas absurd, diese Struktur sei eine starr festgelegte Bahn, die das Werk beherrschen und umspannen werde. Und das, was ich ständig so lange verändern werde, bis das durch Worte Geäußerte dem Wesentlichen und nicht Aussprechbaren entspricht, ist gerade «die Planung».

«In der Rede muß Ordnung herrschen», ist eine unsinnige Redewendung. Eine Rede wird zur Ordnung, sobald sie gehalten ist. Wie das große Schicksal, wie der Baum. Aber sie meinen dadurch einen Dreh gefunden zu haben, um erobern und bauen zu können. Und das gilt von der Ordnung vor dem Leben.

So steht es auch mit den Gesetzen der Natur. Die Ordnung ist vor allem *Ausdruck* der Natur.

Man entdeckt nicht die Wahrheit; man erschafft sie. Die Wahrheit ist das, was man in aller Klarheit ausdrückt (ja, aber eure Klarheit entsteht aus der begrifflichen Fruchtbarkeit).

Die wahrhafte Schöpfung ist begrifflich. Deshalb kann sie nie bemerkt werden. Fragt sie nach ihrer Ansicht über die Wahrheit, die ihr ausdrückt, so wird sie ungünstig ausfallen. Und eure Wahrheit ist in der Tat noch keineswegs *die* Wahrheit. Damit sie Wahrheit wird, müßt ihr das Recht haben, ihre Macht zu schaffen; müßt ihr mächtig sein gegen alle.

Die Wahrheit beruht nicht auf dem Texte, sondern auf der *Topographie* des Textes.

Die Wahrheit ist nicht das mehr oder weniger gut Nachgewiesene, sondern das in seiner Wirklichkeitsfunktion mehr oder weniger Wirksame. Nichts ist an sich wahr oder falsch. Gewiß, wird man mir entgegenhalten, aber es ist wahr, daß die Sonne jenen Baum, der dort wächst, bescheint. So ist es in der Tat, aber es gibt zwei Ordnungen von Wahrheit: die begriffliche und die beobachtete Wahrheit. Ich beobachte, daß sich dieser Baum dort befindet. Und ich stehe teilweise unter dem Zwang der Erfahrung. Es gibt mich und etwas außerhalb meiner selbst. Doch sobald es sich darum handelt, Beziehungen zwischen Elementen auszudrücken, die ich ausspreche und auf denen ich nicht spielen kann, ist das Ausdrücken dieser Beziehungen nicht mehr eine Beobachtung, sondern ein echter schöpferischer Akt. Mein Zwang beruht auf dem Ausgesprochenen. Meine Freiheit in der Wahl der Beziehung. Denn das Objekt ist weder wahr noch falsch: es handelt sich um eine Schau des Geistes. Die Beziehung ist ein Akt.

Die schöpferischen Wahrheiten sind unsichtbar. Sie werden zunächst abgelehnt, sodann, wenn sie zum Rahmen werden, fallen sie nicht mehr auf und werden zu Evidenzen.

Zwei entgegengesetzte Ziele können gleichzeitig im Menschen den gleichen Menschen anfeuern und enttäuschen, sobald sie verwirklicht worden sind. In jeder Hinsicht werden alle Revolutionen verraten werden (und unter *verraten* verstehe ich nicht eine bedauerliche, sondern einfach eine unvorhersehbare, vielleicht erfreuliche Wandlung. Es ist unmöglich, vermöge einer intellektuellen Überlegung zu erkennen, welch ein Mensch aus gegebenen Umständen hervorgehen wird; man denkt nicht die Zukunft).

Es gibt zwei Methoden, um aus den Widersprüchen herauszukommen. Die eine besteht darin, daß man sich irgendein einfaches System zurechtzimmert und das Gegenteil der eigenen Wahrheit als Irrtum bezeichnet. Das ist die Welt des Fanatikers, der deutlich Gott und den Teufel vor sich sieht. Es ist die Welt des stalinistischen Rechtgläubigen. Diese Weltanschauung fördert und erleichtert die unmittelbare Aktion, da sie ja eindeutig gelenkt wird, aber ständig wird die Massakrierung der Ketzer erforderlich, und diese Ketzer sind zahllos, da ja der vorgeschlagene Koran nicht ihre Wahrheit in sich aufgenommen hat – eine Wahrheit, an der sie im wesentlichen mit dem gleichen Fanatismus und aus ebenso gültigen Gründen festhielten. Doch diese Weltanschauung verwehrt vor allem jede Möglichkeit eines Fortschritts durch eine jedesmal höhere Synthese, da sie ja Widersprüche untersagt. Triumph einer These über die umgekehrte These ist keine Synthese.

Die andere Methode besteht darin, den Widerspruch zuzulassen, selbst wenn er für den menschlichen Geist unerträglich ist. Und eben deshalb, weil er unerträglich ist. Der menschliche Geist, der aus Redlichkeit zwei experimentelle, einander widersprechende Wahrheiten, die keinerlei Widerspruch dulden, bejaht, kämpft für die Entdeckung einer Sprache, welche die beiden Wahrheiten gleichzeitig in sich aufnimmt, ohne ihnen etwas zu versagen; das Unbehagen, die Verwirrung, der Zweifel, die Unordnung sogar, die sich aus einem bejahten Widerspruch ergeben, sind ihrem Wesen nach fruchtbar und bereiten auf höhere Freuden vor, als auf die Freude des Fanatikers: auf die Freude, die der Sieg des Gewissens gewährt. Die Wahrheit, die sich beobachtet, nenne ich experimentell. Der französische Soldat ist edel. Der Soldat auf der Gegenseite ist es ebenfalls. Ich lehne die Systeme ab, die, um ihren Zusammenhang zu wahren, zwangsläufig dazu gelangen, das gegnerische Heer als einen Haufen von Plünderern, Ausgebeuteten oder Dummköpfen anzusehen. Ich nenne experimentelle Wahrheit den Umstand, daß Bildhauer oder Dichter unter gegebenen Voraussetzungen und nicht unter anderen entstehen. Es ist Aufgabe der Theorie, von dem, was ist, vom Leben Rechenschaft abzulegen. Nicht aber dem Leben vorzugreifen. Ich habe nichts für die Leute übrig, die vorgeben, sie könnten Bildhauer mit einem Stipendiensystem für Bildhauer hervorbringen. Das ist Theorie. Die experimentelle Wahrheit ist beispielsweise die Kathedrale. Meine Aufgabe ist es, ihren Sinn herauszubekommen. Denn vielleicht ist die Kultur der Kathedrale nicht unter allen ihren Aspekten notwendig. Zunächst und vor allem kommt es auf die analytische Arbeit an. Dann auf die Synthese, die aus den Früchten dieser Analyse erwächst.

Freilich ist mir heute keinerlei Synthese vergönnt.

«Nicht für, sondern gegen ...», haben die Surrealisten einmal gesagt, indem sie auf das noch verschwommene Ziel vertrauten. Ich denke nun aber genau das Gegenteil. Es gilt die Wahrheit zu erschaffen, und außerhalb dieser Synthese werden die alten Dinge unrichtig. Und die alten Menschen, die mit neuen Vorstellungen befruchtet wurden, werden zum *Band*.

Erschießt man alle Soldaten, falls ihre *schlechte Moral* epidemisch geworden ist? Nein, man wandelt sie.

Ihr haltet mir Ansätze von Synthesen entgegen und entwaffnet mich ohne Schwierigkeit. Wenn ihr mir die Stirn bietet, nachdem ihr euch mit euren fünf oder sechs Koinzidenzen gerüstet habt, die mir *beweisen*, daß alles Unglück meines Vaterlandes auf die Wellenwerfer [11] zurückgeht – was könnte ich euch dann in fünf Minuten entgegnen? Nichts gegen eure Übereinstimmungen, die existieren. Nichts gegen euren Gesichtspunkt, der zu Recht besteht! Ich müßte eure ganze Erziehung in die Hand nehmen und euch beibringen, daß eure Vorstellung nicht sehr fruchtbar ist, oder daß es noch fruchtbarere Vorstellungen gibt. Doch dabei handelt es sich um einen langen Gedankengang, wie ihn die Diskussion nicht gestattet. Und jedes eurer Argumente wird sich daher nicht widerlegen lassen. Die Wahrheit hat keinen lokalen Charakter, und ihr werdet mir immer mit Recht sagen können, der Selbstmörder sei wegen der Fußspuren ertrunken, die zum Fluß führten, oder: falls der Kommunismus Fortschritte mache, so liege das an der französischen Schlappheit. Doch ich empfinde das kaum als Belehrung, denn ich wußte schon, daß der Fortschritt einer Partei, was auch seine Ursache sein mag, als Feigheit der Gegenpartei erscheinen würde.

Im Lauf einer Diskussion äußert man eine gewisse Zahl von Gemeinplätzen. Es scheint allgemeine Übereinstimmung darüber zu herrschen, daß eine These durch eine Diskussion in keiner Weise vorankommt, da jedermann auf seinen Positionen verbleibt.

Und das trifft so lange zu, als sich zwei geschlossene Systeme gegenüberstehen (das sind sie alle) und die Synthese sie nicht miteinander in Einklang bringt.

Was mich persönlich angeht, so ist mir aufgefallen, daß man mich leicht entwaffnete, wenn man mir in einer klaren Sprache eine Erklärung entgegenhielt, die von der meinen abwich. Ich bin überrascht, wenn ich unversehens eine Synthese ahne, welche die Welt zu ordnen scheint. Ich habe dann das Gefühl, daß es anständig wäre, ihr als Ganzem zuzustimmen. Erst wenn ich mich im Schweigen abgesondert habe, treten mir die Vorzüge einer Synthese wieder vor Augen, die ich nicht so gewandt vortrage, die indessen die Geschehnisse besser zusammenordnet.

Ich bin, kurz gesagt, betroffen angesichts konvergierender Elemente. Als wenn sich ein solches Konvergieren nicht stets nachweisen ließe. Ich sehe diesen Beweis als erbracht an, und mich überkommt das Verlangen, zu extrapolieren. Nun ist aber kein Beweise je erbracht, denn es gibt keinerlei Wahrheit, die ich entdecken könnte.

Ich vermag lediglich eine symbolische Wahrheit zu erreichen, und im Bereich meiner Sprache besteht die Wahrheit aus meinen Begriffen. Ich kann meinen Feind nicht durch Vernunftgründe überzeugen; ich kann ihn nur bekehren. Ihn mit dem Finger die Evidenz berühren lassen, nicht die Evidenz der Wahrheit – sie ist nie evident –, sondern des besseren Menschen oder der helleren Natur, die aus ihr hervorgehen kann.

Bekehren: dieser Vorgang besteht nicht nur im Nachweisen, was in fünf Minuten geschehen könnte, sondern im Hinführen zu Gesichtspunkten, von denen aus die Welt sich ordnet oder der Mensch sich reicher fühlt. So geschieht es in jenem Film, in dem das Gefühlsmoment Ritterlichkeit-Rache unmittelbar dem Gefühlsmoment Religion-Verzeihung Trotz bietet.

Die organisierte Geschicklichkeit im Herstellen von Synthesen erweist zweifellos der Wahrheitssuche einen schlechteren Dienst, als sie ihr nützt. Darin beruht durchaus nicht die wahrhafte Intelligenz. Wäre ich in vollendeter Weise wortgewandt und ein Wortvirtuose, so würde ich irgendeine Architektur von Ursachen im verführerischsten Gewande präsentieren. Und ich wäre ständig zufriedengestellt durch den Irrtum (oder, genauer gesagt, durch das Unwirksame). Ich hielte indessen meine These für wirksam, wenn ich – durch Wortgewandtheit – irgendeine neue Tatsache in sie einbeziehen könnte (oder sie auf solche Weise zu erklären vermöchte); dabei vergäße ich nur, daß die einzige wahrhafte Wirksamkeit keineswegs eine pädagogische, sondern eine dynamische Wirksamkeit ist – jene Wirksamkeit, die voraussehen läßt.

Nicht der ist ein großer Arzt, der durch Überlegungen einen geschickten Oberbegriff herausfindet, durch den sich alle besonderen Krankheiten *erklären* lassen. Vielmehr der, dem die Intuition der inneren Einheit zu Gebote steht.

Wenn ich keinerlei Gesetze in der Geschichte entdecke; wenn derart miteinander zusammenhängende – und somit durch die Sprache erfaßbare – Phänomene wie Hitlers Machtergreifung oder die Lösung des spanischen Konflikts mir – das weiß ich aus Erfahrung – ebenso unzugänglich sind wie alle Römer trotz der wissenschaftlichen Kritik unserer Tage, so liegt das daran, daß es keinen Finalismus, oder genauer gesagt Determinismus, sondern das Bewußtsein gibt. Die Genauigkeit der statistischen Gesetze (Versicherungsgesellschaften), umgewandelt in die Ungenauigkeit der geschichtlichen Voraussichten – hier zeigt sich der Stempel des Bewußtseins.

Wenn man am grünen Tisch diskutiert, so sucht man vorauszusehen, daß ein Küken aus dem Ei kriechen wird. Doch es gibt weder Ei noch Küken. Und so verliert man Zeit und Energie mit gedanklichen Operationen, die völlig ziellos sind. Und wenn später einer, der nicht an der Diskussion teilgenommen hat, nur von seinem Glauben getragen in der Erfahrung obsiegt, wird man daran Anstoß nehmen: «Ein unverschämtes Glück . . .» Man wird ihn nicht als vernünftig ansehen.

Sie trennen das Denken von der Tat, wie andere die Tat vom Traum. Sie verrichten die Arbeit von Analytikern oder Historikern; und freilich glückt es ihnen nicht, sich in die Entwicklungen des Lebens einzufügen.

Im Leben hat man nie *die Zeit.*

Wenn ich in die Zeit eindringe, stelle ich Ursache und Wirkung fest. Und ich suche die Begebenheiten der Vergangenheit in einer logischen Sprache zu erfassen. Das heißt: ich begründe ein Gesicht, das von nun an logisch ist. So tat es der heilige Paulus: aus seinem früheren Leben, aus dem Schock, den er in Damaskus empfing, aus seiner Bekehrung machte er ein einleuchtendes Ganzes, in dem sich alles entspricht, alles sich vorbereitet gemäß den Wegen Gottes; in dem man Vorherbestimmung, Wege der Vorsehung usw. wahrnehmen kann ... während doch definitionsgemäß sich alles entsprechen und voraussehen lassen muß.

Es ist an mir, diesen Teig zu kneten, der mein ist, und nichts davon zu verlieren. So hat der heilige Paulus sogar die Ausschweifungen seiner Jugend zum Ruhme seines Gottes verwandt. Aber er hätte auch seine Weisheit verwandt.

Die Zeit, die sich ausbreitet, ist die Zeit der Geschichte. Die Zeit, die hinzufügt, ist die Zeit des Lebens. Und die beiden haben nichts gemeinsam, aber man muß die eine nutzen können wie die andere.

Unterhaltung N. Es ist das Vokabular, das mich hier zu einem Irrtum verleitet, denn es gibt keine historischen Gesetze, die den Begebenheiten vorausgingen. Ein Baum entsteht, wächst, reift heran und stirbt. Dem Anschein nach entsteht eine Kunst, wächst, reift heran und stirbt. Und so kann ich annehmen, daß es sich hier wiederum um einen Organismus handelt. Und, da es ja ein Organismus ist, an gewissen Anzeichen seinen Reifezustand erkennen. Nun hätte ich aber *Beginn, Mitte und Ende* sagen sollen, ohne daß der Begriff «Mitte» im Ablauf des Phänomens etwas anderes als ein mittleres Alter anzeigte.

Augenscheinlich kann ich, wenn ich in der Geschichte zurückgehe, die Kausalitätsverkettung herausfinden. Diese notwendigen Verbindungsglieder zwischen den Ereignissen sind jedoch genau so wenig aufschlußreich wie in der Ordnung der gedanklichen Assoziationen. Ich kann zur Not wieder feststellen, weshalb ich sofort an *Tuberkulose* denke, nachdem ich *Spiegel* gedacht habe. Die einzig schöpferische Entdeckung bestände jedoch darin, mir zu erklären, weshalb ich, nachdem ich *Spiegel* dachte, zuerst an *Tuberkulose* dachte und nicht an *die hohe See*, die mir als Zweites einfiel. Wäre ich ein absoluter Psychoanalytiker und wären mir alle Umstände bekannt, so vermöchte ich vielleicht vorauszusehen. Und dies ist das Gesetz. Ich kenne das Gesetz, nach dem sich der Baum entwickelt, und ich weiß, weshalb er wachsen muß, aber im Falle der Kunst entgehen mir diese Gesetzlichkeiten.

Vom Schöpferischen im dichterischen Bilde: Wenn ich zwei Begriffe, die kein evidentes Zwischenglied verknüpft (und denen doch nicht die Möglichkeit einer Verbindung fehlt), im gleichen Satzteil mit logischer Artikulierung aneinanderreihe, strebt mein Geist aus Gewohnheit danach, sich in eine Welt zu versetzen, in welcher diese willkürliche Beziehung gültig geworden ist. Diese Welt, oder, genauer gesagt, diese innere Haltung gegenüber der Welt ist mehr oder weniger hochstehend. Durch die Qualität dieser Welt (oder dieser Haltung) wird die Qualität des Bildes – und nicht eines jeden der beiden ausgedrückten Elemente – und nicht die Qualität des Zwischengliedes bestimmt. Man kann, grob gesprochen, damit die Denkoperation vergleichen, welche – mit Hilfe zweier notwendig durch eine vorausgesetzte Identität verknüpfter Bilder – den Raum erschafft.

Nunmehr kann sich das analytische Denken betätigen und über den inneren Ablauf Klarheit zu gewinnen suchen. Ich muß mich sehr abmühen, wenn ich auf diese Weise einen Monolog Dostojewskis zerlegen und über die Logik oder, genauer gesagt, über die Einheit der scheinbaren Widersprüche Klarheit gewinnen will. Ich bin nie gewiß, ob meine Erklärung zutrifft. Wenn sie mir gültig erscheint, so nur in dem Maße, in dem ich die Gewähr der Vollendung Dostojewskis besitze.

Bemerkung über das Schöpferische. Wenn ich ein dichterisches Bild nehme, fällt mir auf, daß es im allgemeinen aus zwei ungleichen Elementen besteht, die durch eine logische Artikulation miteinander verknüpft sind. Die Verbindung kann durch den Vergleich und die Artikulation durch den vergleichenden Begriff gebildet werden. Doch das ist nur ein Sonderfall. Der Wert des Bildes beruht nicht auf der Wahl der Elemente an sich. Morgenrot, Herbst, Liebe stehen der Dichtung nicht näher als Hof, Holz oder Straßenpflaster; «le bois retentissant sur le pavé des cours» (das Holz, das widerhallt auf dem Pflaster der Höfe [12]) ist ein großer Vers. Auch das Zwischenglied ist nicht das Dichterische. *Wie* ist nicht dichterisch. Desgleichen macht die Mischung (wie die Symbolisten annehmen konnten) nicht das Dichterische aus. Es beruht auf dem schöpferischen Akt; und das muß ich näher erklären.

Diese Elemente verbindet nicht ein derart evidentes logisches Zwischenglied, daß das Vergleichsmoment dem Geiste genügte. Es bleibt etwas Unerklärliches in dieser Paarung. Aber das Ganze wurde dem Geiste als logisch dargeboten, ebenso wie zwei stereoskopische Bilder trotz ihrer Verschiedenheit als Darstellungen des gleichen Gegenstandes dargeboten wurden. Um diese Identität wiederherzustellen, erschafft der Geist den Raum (oder die Perspektive). Im Falle des dichterischen Bildes bringt er ebenfalls eine Welt hervor, um das logische Zwischenglied zu begründen, um ihm Gültigkeit zu verleihen. Man versetzt sich von vornherein, und ohne davon zu wissen, in die Welt, in der dieses Zwischenglied evident ist. Diese Welt ist total, obwohl sie nicht ausgesprochen wird. Man weiß nicht einmal, ob sie existiert, und trotzdem erlebt man sie. Oder, genauer gesagt: man erlebt eine gewisse Haltung gegenüber dieser Welt, die nicht formuliert worden ist und im Hintergrund lediglich als Bürgschaft existiert. Man ist erneuert, man gehört einer neuen Kultur an.

Der Wert des dichterischen Bildes beruht auf dieser latenten Welt und nicht auf den Elementen oder ihrer Verknüpfung.

Wir wollen sofort hinzufügen, daß die Logik die Schöpfung nicht in den Griff bekommt, um sie zu erfassen und zu erklären. Diese beginnt gerade erst dort, wo die Logik endet. In dem Maße, in dem die Logik der dargebotenen Struktur Geltung verleiht, wird keine Welt erschaffen. Dort, wo die Logik bereits scheitert, beginnt die Schöpfung.

Die Logik ist unfähig, das Bild zu erklären. Erst recht ist sie nicht imstande, es darzubieten. Im ersteren Falle kann sie freilich eine Illusion hervorrufen. Ich habe einen Monolog Dostojewskis gelesen. Ich habe ihn erlebt. Ich weiß aus Erfahrung, daß er stark ist und eine Welt übermittelt. Eben jene Welt, die ich durch meine Haltung erkenne. Ich kann hierüber eine Paraphrase verfassen. Sodann kann ich meine Prämissen und meine Welt durch eine Folge logischer Reden miteinander verknüpfen. Und es wird so aussehen, als hätte ich recht, da mir kein Irrtum unterlaufen wird. Ich werde davon ausgehen, daß der Übergang schön war, und nachweisen, daß er schön war. Und nichts könnte mir verbürgen, daß meine Überlegungen nicht absurd gewesen sind. Ich weiß auf jeden Fall *a priori*, daß dieses logische Material *a priori* unfähig war, den zu erfassenden Gegenstand: *die Erklärung des Schöpferischen* zu erfassen – da es ja, ich wiederhole, das Schöpferische nur insoweit gibt, als die Logik unwirksam ist.

Selbst wenn sie imstande wäre zu erklären – wie sollte sie erschaffen können? Ich kann einen Körper entzweischlagen; ich erschaffe ihn nicht dadurch, daß ich die Teile wieder zusammenfüge, daß ich die guten Teile auswähle und sie wieder zusammenfüge. Das Leben ist der schöpferische Funken, der zündet, und keine Logik gibt hiervon Rechenschaft.

Der Wert meines Bildes beruht auf einem einzigen Unterpfand: seiner Wirksamkeit.

Ich glaube so sehr an die Wahrheit der Dichtung. (Er hat mir geholfen, Eddington, wenn er von den verschiedenen symbolischen Anordnungen spricht.) Der Dichter ist nicht gehaltloser als der Physiker. Der eine und der andere schneiden Wahrheiten zu, aber die Wahrheit des Dichters ist dringender, denn es handelt sich um sein eigenes Bewußtsein.

Der große Irrtum Beaucaires ist alles in allem die *finalistische* Idee. Der Mensch macht Fortschritte, weil er Vorstellungen erwirbt; er erwirbt nicht Vorstellungen, weil er Fortschritte macht.

Die Geschiche wird *hinterher* geschrieben, und zwar kraft Definition. Was durch einen starken Gedanken und eine starke Tat begründet wurde, ist zum Gesetz geworden: daraus erklärt sich, weshalb keine Voraussicht möglich ist, und weshalb die Vergangenheit gleichwohl so klar zu Tage liegt. Und das gilt ganz besonders von der Wissenschaft: weshalb hat man I/r^2 nicht früher gefunden?

Die Formel: «Besser eine schlechte Entscheidung als gar keine Entscheidung» besagt nichts. Eine Entscheidung kann nicht schlecht sein: sie erschafft schlecht oder recht ihre Wahrheit.

Es geht nicht darum festzustellen, ob ich den freien Menschen vorziehe oder nicht, sondern ob ich den Menschen vorziehe, der frei ist.

Das anfängliche Ganze ist in gerader Linie auf den Menschen gerichtet und scheidet alles aus, was nicht auf ihn hinstrebt. Dieser höhere Finalismus läßt die ganze Kraft des Determinismus auf einer weniger intellektuellen Ebene fortbestehen. Mit anderen Worten bleibt für mich die Genese des Lebens unter der Herrschaft der Naturkräfte ein Studienobjekt. (Weshalb strebt die Statistik nicht dem Unorganisierten zu, das ist die höhere Frage; aber die Frage, die ich zu lösen habe, lautet: Angesichts des Umstandes, daß die Statistik auf das zunehmend Organisierte hintendiert . . . wie soll ich die Genese des Lebens in Funktion der Gesetze der Chemie und der Statistik ausdrücken?)

Da ich ja festlegen kann, welche Position der Planet Mars in fünfzig Jahren einnehmen wird, ist es notwendig, irgendwo, auf irgendeine Weise diese starre Marschroute zu durchbrechen. Aber ich bin vielleicht schon im Bilde, wenn ich weiß, daß die Position des Mars nur ein statistisches Gesetz ist; das erlaubt mir vielleicht den Gedanken, daß ich dort, wo es keine statistischen Gesetze gibt (wie im Falle der Elementarteilchen), nichts voraussehen kann; und es ist nur ein kleiner Schritt, bis sich hieraus das verschwommene Bild formt, es gebe kein denkbares statistisches Gesetz mehr für die Zukunft der Biologie oder für physikalische Gesetze, die neue Dezimalzahlen erreichen werden, oder für menschliche Hervorbringungen. Ich schicke mich an, in noch verschwommeneren und ungewisseren Begriffen zu denken: sollte nicht das Leben in gewissem Sinne die Statistik organisieren? Und wenn man sie zur Vergangenheit gewandt liest, erfindet die Historie das eindeutige Spiel der Naturgesetze – und wenn man sie zur Zukunft gewandt liest, wird die Historie unmöglich. Und außerdem erleidet sie immer Schiffbruch. So wird es begreiflich, daß man mit Gewinn über den Ursprung der Arten nachdenkt, denn die Vergangenheit erscheint uns stets als notwendig.

In diesem Konvergieren vom Determinismus des Keims und von der Einwirkung der Außenwelt auf das Leben zu: im Wunder der Konvergenz hat der echte Finalismus seine Berechtigung. Es ist absurd zu behaupten, der anfängliche Keim wolle Baum sein. Eben dieser Gesichtspunkt widerspricht der Idee der Wissenschaft und vermöchte den Fortschritt der Erkenntnis zunichte zu machen (ihm Einhalt zu gebieten), denn ich muß die Entstehung des Baumes allein durch die gegenseitige Abhängigkeit vom chemischen Determinismus des Samenkorns und der Einwirkung der Umwelt erklären. Weshalb diese gegenseitige Abhängigkeit ins Leben einmündet, ist ein Problem (dessen Beantwortung der Wissenschaft nicht möglich ist); und nichts könnte mich hindern zu sagen: «weil solches der Wille Gottes ist.» Doch die Frage, die ich als Gelehrter mir stellen muß, lautet: wie spielt sich diese gegenseitige Abhängigkeit ab? ... Aber selbst wenn ich das *Wie* erklärt habe, werde ich das Weshalb noch nicht erklärt haben. Und das – höhere – finalistische Problem wird sich ebenso deutlich stellen, als wenn ich die Genese des Baums allein im inneren Determinismus des Keims zu suchen hätte. Die Konvergenz zweier Faktoren drängt keineswegs das Geheimnis zurück. Ganz im Gegenteil.

Das Törichte und metaphysisch Nutzlose im elementaren Finalismus besteht darin, daß er das Auge durch das Streben des Keims nach dem Auge zu erklären vorgibt. Er geht auf diese Weise der Suche aus dem Wege. Aber inwiefern ist das finalistischer?

Die Frage, die mich ängstigt, mich als Menschen ängstigt, lautet nämlich nicht: «Wie kommt es, daß das ist, was ist?», denn ich muß in der Ordnung der Wissenschaft eine Antwort hierauf finden. Sondern: «Wie kommt es, daß das, was ist, danach strebt, hochwertiger organisiert zu sein als das Gewesene?» Der Nachweis, den der Finalismus, um gültig zu sein, erstreben muß, besteht darin, daß diese Frage einen wirklichen Sinn umschließt, und daß sie nicht an der Klippe des Anthropomorphismus zerschellt.

Es erscheint angebracht, nach der Frage zu suchen, die der Finalismus sich selbst stellen muß.

Das Bewußtsein transzendiert die Intelligenz, obwohl die Intelligenz ohne Bewußtsein zweifellos kaum fortschreiten könnte. Es lenkt Überlegungen auf die Abstraktion hin, seine Wirkung ist aber vielleicht nur ein *Beherrschen*.

Eines weiß ich noch nicht: ob ein Brückenschlag möglich ist zwischen diesen Überlegungen über das Bewußtsein und den Problemen des Lebens – eine transzendierende Beherrschung.

Oder vielmehr: wenn es nie einen Sprung gibt, was nenne ich dann Beherrschung? Ist es nicht unerläßlich, eine elementare Unbestimmtheit bei den physischen Phänomenen anzuerkennen?

Die Antwort sollte eine Analogie mit der Entstehung des Buches der Geometrie ergeben. Auch hier gibt es keinerlei Sprung. Auch keinen *Indeterminismus*. Und doch wird die Materie fruchtbar gemacht, wenn man hier den Syllogismus als Materie bezeichnet.

Transzendierende Befruchtung. Augenscheinlich kann ich, unter strenger kausaler Verkettung, die logische Geschichte des Mannes schreiben, der seine Hütte verläßt, auf den Fluß zugeht und sich ertränkt, wenn ich hierfür lediglich die Vorgänge seiner Gehirnzellen studiere. Und das Bild wird sich in die Chemie übertragen, und wenn man von der Chemie ausgeht, wird alles logisch und klar sein. Die transzendierende Befruchtung ergibt sich auf einer anderen Ebene und vor allem in einer anderen Sprache: die Blondine, die in Peru wohnt; aber in der Ordnung der Phänomene ist sie ein Bild. Und die Psychoanalyse sucht nachzuweisen, daß dieses Bild sogar auf der Ebene der Chemie entstehen mußte, da es ja ein Symbol der Komplexe sei, deren Verwirklichung der Mann erstrebt habe. Freilich widerspreche ich mir selber mit dieser Bemerkung, da ich damit vielleicht den Determinismus in seine Rechte wieder einsetze. Das wahre Problem lautet: Wie kommt dieses Bild hinein? Wo zeigt sich der Sprung, wenn es einen gibt? In welchem Augenblick ist das Individuum den Verkettungen der Kausalität entronnen? Genauer gesagt: Ist dieser Sprung sichtbar im physikalisch-chemischen Ablauf, oder ist er mit Hilfe der physikalischen Unbestimmtheiten hineingekommen? Wodurch er sich der Analyse entzieht und in ein zusammenhängendes Ganzes eingeht. (Aber ist dann das statistische Gesetz auf die Lebensprozesse nicht mehr anwendbar?)

Jeder schöpferische Prozeß – der keine Wiederholung des Lebens ist – würde die Statistik zunichte machen. Ich habe kein Recht mehr, auf Wahrscheinlichkeiten zu setzen, sobald das Leben eingegriffen hat. Aber es greift nicht durch Wiederholungen ein. Es greift dadurch ein, daß es (einen Organismus der ersten Genese) begründet.

Mit anderen Worten vermag ich mein Vorgehen in stoffliche Gestaltungen einzufügen; diese werden dann zu Gestaltungen, die weder wahrscheinlicher noch unwahrscheinlicher sind als andere, und derart, daß sie der Zufall allein hätte verwirklichen können.

Ein anderer Punkt besagt, daß diese Gestaltung nur für ein besonderes Bewußtsein (Kodex) Bedeutung hat; sie ist keineswegs an sich bedeutsam, wie das vielleicht beim Lebensvorgang der Fall ist. So wird zum Beispiel für einen Türken, der unsere Schrift nicht kennt, der Satz, den er betrachtet, in keiner Weise auf den Vorüberzug des Menschen hindeuten.

Ich begründe also einen Kodex. Ich entdecke, daß dieser Kodex irgendwo in der Welt angewandt worden ist, ich schließe daraus, daß jemand tätig geworden ist, der ihn kennt. Und ich schließe das mit Sicherheit.

Wissenschaft treiben, heißt keineswegs voraussehen, mit Hilfe von Gleichungen, die – innerhalb der Wissenschaft selbst – ihrerseits nicht voraussehen, sondern der Philosophie Rechnung tragen; diese ist aus der Wissenschaft hervorgegangen, die hinwiederum den Fortschritt bestimmt hat. Einen Fortschritt, der von Begriff zu Begriff nicht hintereinander determiniert wurde (wären die Folgen grundsätzlich einbegriffen, wäre die Welt finalistisch), sondern jedesmal zu einer größeren Vereinfachung führte.

Der Unterschied zwischen Determinismus und Finalismus beruht darauf, daß gerade die Zukunft nicht in der Gegenwart enthalten ist, obwohl sie in unlösbarer Verbindung mit ihr steht. Mehrere mögliche und statistische Folgen.

Die Wissenschaft ermöglichte niemals *vorauszusehen*, oder, genauer gesagt, sie sieht nur Wiederholungen voraus. Eine Theorie wird begründet, um über eine Anordnung von Beziehungen zwischen den Phänomenen Rechenschaft zu geben; auf die Bilderwelt, die sich aus den Gleichungen herleitet, kommt es wenig an. Nur die Gleichungen zählen. Sie sind gültig bis zur ... Dezimalstelle, und nicht mehr.

Wissenschaft treiben, heißt dadurch die Verkettung der Ursachen entdecken, daß man in die Vergangenheit zurückgeht und – heute – die Beziehungen [erforscht], nicht aber die Zukunft voraussieht, das heißt die Berechnungsmethode für die nachfolgenden Dezimalstellen [anwendet]. Oder den Baum von der lebendigen Urzelle ausgehend voraussieht. Oder das Schicksal des Proletariats voraussieht. Die künftige soziale Welt denken ist antimarxistisch.

Der Determinismus besteht in der Behauptung, der Baum sei durch eine erklärbare Verkettung von Umständen entstanden. Nicht in der Behauptung, die Kenntnis der Naturgesetze gestatte es, bei einem Studium der Urzelle Auge und Baum vorauszusehen, denn dann wäre dieser Gedanke rein finalistisch, das heißt sein Gegenteil.

Falls das Bewußtsein das Auge voraussehen kann, ist das Universum finalistisch.

Falls das Bewußtsein das Auge nicht voraussehen kann (und es kann es nicht voraussehen), besagt das, daß es nur dann eine Ursachenverkettung gibt, wenn man den Lauf der verwirklichten Ereignisse zurückverfolgt; daß hingegen vielfältige Möglichkeiten vorhanden sind, wenn man mit diesem Lauf mitgeht (die Mathematik ist deduktiv, aber die Intuition lenkt sie; sie ist deduktiv, wenn man den Lauf der Lehrsätze zurückverfolgt, intuitiv in Richtung auf die Zukunft). Wenn die Psychoanalyse Richtung des Traumes ist, so erkläre ich keineswegs meinen Traum, wenn ich die Verknüpfung der gedanklichen Assoziationen wiedergefunden habe. Weshalb habe ich diese Richtung vorgeschlagen, wenn eine Unzahl anderer Richtungen möglich war?

Ich vermag die Fortschritte der Sprache nicht vorauszusehen. Auch nicht den Fortschritt der Gesellschaftsordnungen. Auch nicht den Fortschritt der lebenden Zelle.

Selbst der Marxismus widersetzt sich dem Finalismus. Die Synthese, neue Sprache, zerbricht den Determinismus in der Sprache. Ich lege mich also weiter hinten fest. Aber die Marxisten, die das nicht beachten, sind Antimarxisten. Und ich weiß nicht, ebenso wie ich nichts von der Sendung des Proletariats weiß, wie die historische Sendung der Zelle aussah, die ein Auge werden wollte.

Unsere heutige Welt denken. Und ist das nicht eine ausreichende Arbeit? Eine hinlänglich ergiebige? Wie sollte ich an die Welt von Morgen denken, die sich menschlichem Begreifen entzieht, wenn ihr mir nicht in einer klaren Sprache die Widersprüche des Heute löst?

Vielleicht wird man eines Tages die Gesetzmäßigkeiten einer auf die Zukunft gerichteten Entwicklung entdecken. Im Augenblick berechtigt uns nichts zu dieser Annahme. Jede Voraussicht hat sich als falsch erwiesen.

Man hat zweifellos das Flugzeug vorausgesehen ... Diesen Sophismus gilt es zu entlarven. Er besagt das: *Man hat danach gestrebt* ... und offensichtlich hat man dieses Erstrebte verwirklicht. Es heißt das keineswegs voraussehen, es heißt erschaffen. Das Flugzeug ist dadurch entstanden, daß es ersonnen wurde. Oder ersehnt wurde. Es geht keineswegs um den aus seinem Samenkorn hervorgegangenen und prophetisch erahnten Baum, es geht um den ersehnten Baum. Und diese Erfindung ist finalistisch. Der Mensch – und sein Bewußtsein – leisten einen Beitrag zum Finalismus.

Doch auch das Leben hat sich vervollkommnet, und wenn das, wozu der Mensch fähig ist, nicht von der Seele stammt, so ist die lebendige Materie dazu fähig. Und wenn die lebendige Materie letztlich von keiner fremden Substanz herrührt, so ist allgemeiner die Materie, in irgendeiner Gestalt, hierzu fähig. Und so wäre das Universum finalistisch.

Das stört mich indessen in keiner Weise, wenn ich nach den Erfordernissen der wissenschaftlichen Sprache verstehen will.

Denn wenn die Richtung in die Zukunft finalistisch ist, so weiß ich, daß ich beim Zurückverfolgen des Laufs der Ereignisse in der Lage sein muß, die Welt als Finalist zu beschreiben. Der Finalist ist richtig töricht, wenn ihm seine metaphysischen Ansichten diese Mühe ersparen.

Nichts steht im Wege, daß Ereignisse, die auf einer Ebene nichts miteinander zu tun haben, auf einer anderen Ebene miteinander verkettet sein können (Schritte auf den Fluß zu). So hat der Zufall keinen absoluten Sinn. Er ist lediglich Nicht-Erkennen.

Sich bewußt werden, ist die einzige gültige Denkoperation. (Newton hatte nicht nötig, eine neue Welt herbeizuwünschen); die Utopie besteht im verfrühten Voraussehen eines Details (Synthese der Namen).

Die Utopie besteht im Erfinden einer Gemeinschaftsform. Sofern ich keine schöpferischen Werkzeuge in Händen habe, kann ich nur ein Utopist sein, denn die Wahrheit wird erschaffen und nicht gefunden werden. Das einzige sinnvolle Vorgehen besteht darin, *Klarheit zu gewinnen*; die Gesichtspunkte und Begriffe auszuwählen, welche die Ereignisse der Epoche ordnen und sie verdeutlichen. Und mir genügt zu wissen, daß ich inmitten der Landschaft weiß, wohin ich gehen soll.

Das Unheil rührt davon her, daß man, in Auswirkung einer intellektuellen Betrachtung, natürliche Gleichgewichte verändert, deren *Sinn* unsichtbar ist und der sich vielleicht sogar schwer herauslösen läßt. Blinde Tatumstände können viel Sinn integrieren. Man glaubt ummodeln zu können ... So Léon Blum und die Ehe. Weiß er, daß er sich in einer Utopie ergeht? (Er erfindet die Zukunft, ohne sie zu erfassen; ohne zu wissen, daß entsprechend das *Gegenteil* entstehen wird.) So konnte ich mich durchaus irren, als ich darlegte, inwiefern die UdSSR die wissenschaftliche Hervorbringung begünstigte, denn wenn sie dieser auch die Voraussetzungen schaffen mag, gefährdet sie vielleicht die erforderliche Atmosphäre.

Gäbe es Einbildungskraft des Auges, wie vom Flugzeug, würde das Auge entstehen, denn das Bewußtsein ist schöpferisch.

Keine der Erfahrung fremde Überlegung hat es Newton ermöglicht, sein Gesetz vom umgekehrten Quadrat zu begründen. Wäre es anders gewesen, gäbe es eine absolute Wahrheit (und die Theorien würden dann nicht durch Intuition, sondern durch Deduktion fortschreiten, und der Marxismus wäre falsch). Die Empiristen haben daher recht, wenn sie sagen, man könne nur von der Erfahrung lernen und jede rein intellektuelle Konstruktion sei sinnlos. Sie sehen bloß nicht – und das ist entscheidend – daß die Vorstellung, welche begründet wurde, um von rein experimentellen Gegebenheiten Rechenschaft abzulegen, und die allein durch die Auseinandersetzung mit der Erfahrung bewiesen wurde – daß diese Vorstellung, die in einer Epoche ihr gültig Ausdruck verleiht, weit davon entfernt ist, experimentell zu sein, daß sie vielmehr etwas rein Geistiges ist. Sie ist keineswegs eine Wahrheit der Erfahrung. Sie ist eine Sprache. Allein durch den Geist begründet, hat sie nur einen Sinn in der Ordnung des Geistes und ist so wenig experimentell, daß sie sterben wird, um einer Vorstellung ganz anderer Substanz Platz zu machen, ohne daß dadurch – im Bereiche der ersten bekannten Dezimalzahlen – die Vorstellung, zu der diese Erfahrungen zuvor geführt hatten, irgendwie erschüttert würde.

Seid ihr zufrieden mit euren schönen gedanklichen Strukturen? Ihr seid nicht wählerisch, meine Freunde. Ihr Langevin, Jean Perrin ... der von euch resümierte Marxismus: diese großartige Synthese von Widersprüchen? Aber dann waren auch Christus, Descartes, Newton, Leibniz, Lorentz Marxisten, und jener Marxist, der sogar die Feudalkultur einbegreift, ist ebenso verschwommen und allgemein wie eine gewisse [...], und die Vorstellung, die sich nicht an der Erfahrung mißt, ist ein abgestorbener Zweig.

Painlevé. Ich meine, es ist ein Sophismus zu sagen: «Wie ist es nur möglich, daß sich ein Gelehrter solchen Formats, der zu derart wirksamen Synthesen befähigt ist, in das öffentliche Leben einmischt, statt sich in seiner Studierstube einzuschließen?» –

während man hätte sagen müssen: «Weil dieser Mann universal ist, sich nicht in seiner Studierstube einschließt, sondern sich in das öffentliche Leben einmischt, überall Strukturen beobachtet — deshalb kann er zu derart wirksamen Synthesen gelangen.»

Struktur des Universums

3

Die Einteilung des Lebens in zwei Perioden: *vor dem Bewußtsein* und *nach dem Bewußtsein* ist anthropomorph. Und in der Tat: vom Gesichtspunkt des Sirius aus könnte niemand so urteilen.

Der Vitalist, der von einer Rückzugsposition in die andere zurückweicht und vorgibt, es gäbe ein gewisses Phänomen, das die Chemie-Physik nicht mehr erhellen werde, bezieht einen schlechten Stand. Denn wenn er immer weiter zurückweicht, wird er auf das Elementare oder den Ursprung stoßen, der sich stets der Analyse entziehen wird. Und es ist anthropomorph zu behaupten, das Sichtbare unterscheide sich vom Unsichtbaren. Es liegt genau so im Sichtbaren, wie ich die Zwischenräume lesen sollte.

Und wenn das Leben meiner Ansicht nach das Zusammenhängende, die Beständigkeit in der Zeit ist, nicht nur eines Zustandes, sondern eines Zufalls?

Das Leben ist immerhin das – wie Eddington zu sagen pflegte – was das Feuer im Winter leuchten läßt und bewirkt, daß sich Eis im Sommer bildet. Nichts stellt sich der Natur entgegen, wenn man unter *Entgegenstellen* einen physikalisch-chemischen Sprung in der Entwicklung der Erscheinungen versteht. Und freilich gibt es keinen physikalisch-chemischen Sprung bei der Entstehung jener Eisbildung, denn es wird mir gewiß auch gelingen, die Phänomene des Bewußtseins, welches das Eis ersonnen und im physikalisch-chemischen Ablauf ermöglicht hat, einzuordnen. (Im übrigen sind die Bewußtseinsphänomene, wenn es nicht irgendwo einen Sprung gibt, früher entstanden, als der anthropomorphe Anschein anzeigt. Ich nenne Bewußtseinsphänomen jenes Etwas, welches das Eis im Sommer und das Feuer im Winter hervorruft – oder das Emporwachsen des Baums gegen die Schwerkraft.)

Gewiß findet die Energie sich wieder. Sie wird nicht einfach erschaffen. Und die Energie kommt von der Sonne; aber ohne die Pflanze wäre sie von den Steinen empfangen, zerstreut worden und hätte die Entropie der Welt vermehrt. Das Leben ist ein Widerstand gegenüber den Gewinnen der Entropie. Insoweit das Fortschreiten der Entropie *Zeit* bedeutet, widersetzt sich das Leben dem Verrinnen der Zeit. Wenn meine Nachkommenschaft erlischt, wird die Entropie schneller wachsen.

Es gibt vielleicht das folgende Gesetz: jedes physikalisch-chemische Phänomen entwickelt sich gemäß dem größten Antrieb des Zuwachses an Entropie, aber die Lebensphänomene entwikkeln sich, als ob der Gewinn an Entropie keineswegs das Maximum wäre. Und unter lebendigem Phänomen verstehe ich eines, in dem sich das Bewußtsein äußert. Wenn meine Kohle in der Natur brennt, brennt sie in der Luft und steigert die Entropie; aber wenn ich, Mensch, sie brenne, weiß ich, wohin meine Bemühungen als Dampfkesselingenieur gerichtet sind: es gilt durch das Verbrennen meiner Kohle die Entropie der Welt so wenig wie möglich zu vermehren. Und ich will gerne zugeben, daß es zwischen meiner Stromerzeugungsanlage und der lebendigen Zelle keinen grundlegenden Unterschied gibt. Weiß Gott! Alle beide unterliegen dem gleichen Gesetz, das dem Reich des Bewußtseins angehört. Und umgekehrt: wenn ich eines Tages in einem Laboratorium eine lebendige Zelle bilden sollte, hätte ich nicht das Recht zu sagen, das Leben sei aus der Materie hervorgegangen. Sondern das Leben sei aus Materie plus Bewußtsein hervorgegangen. Wenn erst mein Bewußtsein aufhört sich zu manifestieren, wird meine Stromerzeugungsanlage vom Rost zerfressen die Entropie der Welt vermehren.

Der gesunde mechanistische Standpunkt läßt sich wie folgt definieren: nichts wird jemals auf der physikalisch-chemischen Ebene den totalen oder partiellen Determinismus, an den mich die Wissenschaft glauben läßt, aus dem Felde schlagen. Nichts von den Lebensphänomenen wird jemals meine Wissenschaft widerlegen. Mein Finalismus, mein Vitalismus werden ihr niemals begegnen. Ebensowenig wie meine einmal in Gang gesetzte Stromerzeugungsanlage habe ich den Sprung entdeckt. Er widersetzt sich nicht der Wissenschaft: er bestätigt sie. Und doch haben transzendentale Elemente in den Kreislauf eingegriffen – oder haben ihn vielmehr beherrscht: das Bewußtsein des Gelehrten und des Ingenieurs. Aber dieses Eingreifen hinterläßt keinerlei Spuren in der Chemie und in der Physik.

Ich habe auf den vorhergehenden Seiten drei getrennte Ideen entwickelt, die es noch besser zu unterscheiden gilt:

a) Identität von Leben und Bewußtsein.

b) Das Leben führt die Welt zu den Zuständen, die am *unwahrscheinlichsten* sind (Eis im Sommer). Es ist nicht den statistischen Gesetzen unterworfen, die unter einem bestimmten Aspekt festgelegt sind (obwohl es gewissen, unter einem anderen Aspekt festgelegten statistischen Gesetzen unterworfen ist). Die Stromerzeugungsanlage ist nicht der wahrscheinlichste Zustand. Auch nicht die Organisation der Materie. Auch nicht der Rundfunksender. Vor allem nicht die lebendige Zelle, die der Chemiker bestimmt einmal erschaffen wird.

c) Niemals werden indessen die Gesetze des Lebens den Gesetzen der Materie widersprechen; der wohlverstandene Vitalismus kann der Wissenschaft nicht schaden. Auch nicht das eigentliche Ziel der Wissenschaft zunichte machen. Im Gegenteil; sofern die Betätigung meines Bewußtseins zur Stromerzeugungsanlage führt.

d) Jede beliebige energetische Umwandlung strebt zu einem Zuwachs an Entropie, der geringer wird, wenn Leben und Bewußtsein auf den Plan treten (Baum oder Stromerzeugungsanlage); die Flüsse strömen dem Meere zu. Doch wenn der Mensch eingreift, ist der Endzustand nicht mehr der gleiche. Durch den Vorrat meiner Akkumulatoren wird der Entropie der Welt ebensoviel abgewonnen.

Das Leben ist der Prozeß, der die unwahrscheinlichsten Zustände verwirklicht. Wenn es ein *Leitprinzip* gibt, so bleibt dieses genau so unsichtbar wie das Eingreifen des Bewußtseins bei der Hervorbringung der Stromerzeugungsanlage. Eine transzendentale Aussaat, analog der, die fruchtbar macht: im Buche der Geometrie ist lediglich der Identitätsgrundsatz enthalten, dessen Kennzeichen ein steriler Syllogismus ist. Das Schöpferische liegt in der Richtung.

«Alle Richtungen sind möglich; wenn eine einzige schöpferisch ist, muß sie sich verwirklichen» – auf dieses Axiom lassen sich die Mutationen wie auch der reine Determinismus zurückführen.

Das Leben ist das, was die unwahrscheinlichsten Zustände anstrebt.

Das Leben ist gegen die Statistik zu definieren. – Es ist absurd, wenn man es, wie im Mutationismus, durch die Statistik zu erklären sucht. Wenn das Leben auf diese Weise im Gegensatz zur *Zeit* zu bestimmen ist, insoweit als die Zeit durch die Fortschritte der Entropie bestimmt wird, ist es vielleicht absurd, wenn man – wie im Fall einer Maschine – seine Entwicklung in der Zeit zu begreifen sucht.

Letztlich verstehe ich unter Freiheit das Vermögen, gegen die Statistik zu handeln (es gibt nur statistische Ursachen); und das wäre in der Tat ein Kennzeichen aller lebendigen Materie.

Sehr wichtig: Beobachtungen über verschiedene Ebenen erweisen, daß der Fortschritt, selbst der geradlinige, keineswegs das Vorauswissen der Zukunft, sondern lediglich das Bewußtsein der Gegenwart erfordert (und die begrifflichen Strukturveränderungen, zu denen dieses Bewußtsein ermächtigt – rein schöpferische Akte). Umgekehrt zeigt das Streben nach Unordnung oder zur Vermehrung der Entropie, daß kein Fortschritt ohne Bewußtsein denkbar ist. Die geradlinige Entwicklung auf einen hochgradig durchgebildeten Typ hin, den die Wahrscheinlichkeiten nicht erklären, setzt nicht den Begriff eines Finalismus voraus, welcher den Geist keineswegs befriedigt. Auf jeder Stufe genügt das Überfliegen durch das Bewußtsein.

Das Leben allein organisiert Energiereserven.

Es ist gewiß nicht ohne Bedeutung, daß, wenn ich nach einer Spur jener Energie suche, welche die Sonne seit einigen Millionen von Jahren an uns ausgeteilt hat (Erdöl, Kohle ...), das Leben und das Leben allein die Reserven gebildet hat.

Der Planet ist weniger desorganisiert, als er sein sollte, der Farnkräuter und der Fische wegen.

Das Leben widersteht der Zunahme der Entropie – und das Bewußtsein kann ihre Richtung umkehren. So der Teufel Maxwells.

Augenscheinlich muß man lange über diese grundlegende Frage nachdenken. Die Energie verfällt in jeder Gestalt, die sie annimmt. Das heißt, sie zerstreut sich. (Und meine Energie läßt sich nur zurückgewinnen, wenn das Gefälle ausreicht, und wenn das Volumen, das sie einschließt, zugänglich ist, und wenn sie hinlänglich organisiert ist.) Der Fluß in Bewegung stellt eine Reserve dar, nicht die Gegenströmung. Hundert Grad, die aus dem Dampfkessel hervorgegangen sind, nicht hundert Grad der Sahara am Äquator; hundert absolute Grade und nicht drei absolute Grade. Wenn ich mir nun Licht mache, habe ich die Energie des Wasserfalls verausgabt, die ein konkretes Kapital darstellte; sobald aber meine Lampe mir Licht gespendet hat, habe ich einen geringen Teil jener Photone zerstört um meines persönlichen Nutzens willen.

Und dabei läßt sich, theoretisch gesehen, diese Energie noch irgendwo wiedergewinnen – aber den größten Teil der Energie, die ich nicht in einem geschlossenen Kreislauf empfing, habe ich im Weltall verstreut, und wenn ich ihn nicht im Weltall verstreute, habe ich ihn mit einem Worte desorganisiert. Es gibt keine bevorzugte Richtung mehr und kein Werkzeug, das fein und bewußt genug wäre.

Wenn ich in eine Umfriedigung, in der sich Kugeln bewegen, eine weitere, mit einer gewissen Energie versehene Kugel einführe, ist diese Energie meßbar, da ich ja ihre Richtung im Verhältnis zur durchschnittlichen Bewegunslosigkeit kenne. Wenn ich aber infolge eines Aktes, der aus meinem Bewußtsein hervorgegangen ist, sie nicht zu erhalten vermochte, hat sich diese Energie nach kurzer Zeit zwischen allen Kugeln verteilt. Sie ist dann nur ein Bestandteil der durchschnittlichen Unbeweglichkeit.

In der Tat kann ich, wenn ich die Sonnenenergie aufspeichern will, entweder ein Wehr bauen: das heißt, genau gesagt, meine Kugel bewahren (ich hätte eine geneigte Ebene bauen können, um sie zu empfangen, und das ist ein Bewußtseinsvorgang) oder ganz einfach das Leben selber mit dieser Maßnahme betrauen, indem ich Kräuter wachsen und dann verfaulen ließe, oder den Alkoholgehalt aus den Früchten gewänne. Der Bau meines Wehrs ist ein Lebensakt.

Auf diese Weise bewahrt die Pflanze das Licht – und ich kenne Höhlen, in denen das Moos, das im Umkreis der Lampen gedeiht, ihr Licht aufzufangen vermochte [13]. Eine mit Moos tapezierte Höhle hätte es vielleicht völlig aufgefangen.

Ich werde unbedingt die Rolle der Zeit betonen müssen. Ich bin in der Tat jedesmal betroffen, wenn man die Aufgabe der Wissenschaft als Voraussicht der Zukunft kennzeichnet. Es gilt diese Vorstellung entzweizuschlagen und darzutun, daß die Wissenschaft nichts *voraussagt*, weder den sozialen Morgen (Prämien) noch den biologischen Morgen (Entwicklung auf die Zukunft hin), auch nicht die ergänzende Dezimalstelle, die nicht dazu taugte, die in Gebrauch stehende Theorie aufzubauen, und die erst recht nicht für die neue Theorie taugt, welche die alte in sich aufnehmen wird. Wenn Leverrier rechnet und wenn Herschel den *neuen Planeten* findet, so gehen sie in der Tat lediglich davon aus, daß sich das Weltall in fünfzig Jahren nicht hinreichend entwickelt hat, um die für eine bestimmte Zahl von Dezimalstellen gültige Newton'sche Vorstellung zu entkräften, und so sehen sie nur eine *Wiederholung* voraus. Die Wissenschaft ist die Voraussicht von Wiederholungen, und wenn man mehr zu entdecken vorgibt, wird man zweifellos dartun können, daß sich dieses Neue durch Umwandlung auf eine bloße *Wiederholung* zurückführen läßt (daher das Interesse an Umwandlungsmodalitäten wie beispielsweise der projizierenden Geometrie). Ich finde die Identität wieder, und das ist ganz natürlich, da ich ja nichts anderes in die Gleichungen eingeführt habe.

Die Wissenschaft ist die Erforschung und die Entdeckung der (verborgenen) Identitäten, aber es gibt, an der Peripherie der Erfahrung, eine nicht gemachte Erfahrung, die sich noch mit nichts identifizieren läßt (siehe den Zusammenhang mit der Philosophie des Auftauchenden).

Vielleicht: das Geheimnis in einem bestimmten Zeitbegriff (die Zeit, die *hinzufügt*, ist keineswegs die Zeit, die *entfaltet*).

Es erhebt sich die Frage: wirkt das einmal gewordene Ganze auf die Teile zurück? Das ist evident in der geistigen Ordnung (das Haus, welches die gefühlsmäßige Bedeutung meines Bettes verändert). Aber wirkt das einmal gewordene Atom auf das Elektron zurück?

So wäre die Vergangenheit ein *gewordenes* Ganzes und transzendierte das, was sie als Zukunft gewesen ist.

Die Zeit in die Geometrie einführen – heißt das nicht ihr Wesen negieren (zumindest gewisse ihrer Eigenschaften)? Und wenn wir hinsichtlich der Zeit nicht frei sind, so sind wir auch nicht frei hinsichtlich der Geometrie. Der Mond läuft um die Erde. Er kann nicht in dynamischem Sinne einen anderen Umlauf vollziehen. Das beruht auf der Dimension der Zeit.

Der Irrtum steckt offenbar darin, daß man diese von anderen unterscheidet. Doch dann kommt der Fall des Elektron, das durchaus die Unbestimmtheit bedeuten kann. Wenn es mehrere Richtungen einschlagen kann, widersetzt es sich nicht nur der alten Dynamik, sondern auch der neuen Geometrie.

Offensichtlich liegt der Irrtum in den Bildern, die Vergleichsglieder sind. Indessen gewinnt der Geist, wenn es zutrifft, daß die Mathematik aus Gesetzen hervorgeht, aus ihnen auch die Metaphysik. Wenn ich mir nichts vorstellen kann, kann ich zumindest *begreifen*.

Es ist der eigentliche Sinn unserer Fragen, der die Einführung jener Zeit erfordert, welche sich von den anderen Raumdimensionen unterscheidet. Ich frage mich: *Was wird hinterher geschehen?* und nicht: *Wie sieht der ewige Zustand aus?*

Die Berechnung einer Position und einer Geschwindigkeit ist somit ebenfalls ein statistischer Denkvorgang. Doch dann ist es der Sinn dieser Begriffe, der statistisch ist. Ein Körnchen der Materie gehorcht keinerlei Geometrie. Doch zu mehreren gehorchen sie. Es ist nicht einmal die Materie, die der Geometrie gehorcht, sondern die Materie selber bringt sie hervor.

Die Zeit wäre jenes Bindemittel, das die Welt aus etwas Zusammenhanglosem zu etwas Stetigem werden läßt. Ich muß wegen des Zeugnisses meines Bewußtseins – die Dauer des Objekts – annehmen, daß sie stetig ist.

Doch das ist keine Eigentümlichkeit der Zeit. Die Unterdrükkung jeder anderen Dimension läßt die Welt ebenfalls zusammenhanglos werden. Ich habe dann nur noch parallele Schichten von *Zuständen*.

Ich brauche genügend Dimensionen, um die Identität zu sichern. Diese Identität deckt sich mit den Gesetzen. Und ich sage: «Der Mond dreht sich um die Erde.» Eine Identität ist es, die ich in Gefahr bringe. Ich kann keineswegs die Identität meines Elementarteilchens garantieren (das versteht sich, wenn sie nicht existiert).

Oder hat etwa meine Geometrie keinen Sinn? Man müßte die Axiome wieder vornehmen, wenn man das Elektron betrachtet; von einem Punkt aus kann man eine Parallele zu einer geraden Linie ziehen, und eine einzige ...

Das Kontinuierliche ist die Wissenschaft des Potentiellen, das Zusammenhanglose ist die Wissenschaft der Existenz. Ein Feld ist kontinuierlich, der Raum ist kontinuierlich, aber wenn sie auf irgendeine Weise – durch Wirkung, Reflex oder Zeichen – spürbar werden, so drücken sie das Zusammenhanglose aus. *Kontinuierliche Bewegung* ist zweifellos ein Nonsens. Dann entsteht das Unzusammenhängende. Mein Licht ist lediglich potentiell, wenn es durch nichts kundgetan wird. Ich habe nicht das Recht zu sagen, daß es sich bewegt, insoweit ich ihm Existenz verleihe. Wenn es existiert, bewegt es sich nicht mehr. Es ist. Ich habe das Zusammenhanglose hervorgebracht. Das Potentielle hat Geschwindigkeit, aber keine Gegenwart. Die Manifestationen haben eine Gegenwart, aber keine Geschwindigkeit. Und wenn ich mein Elektron zwinge zu existieren, kenne ich seine Geschwindigkeit nicht. Und wenn ich die Geschwindigkeit einer Elektronen-Möglichkeit kenne, so kenne ich ihre Gegenwart nicht.

Die Gegenwart ist unzusammenhängend: sie ist Treffpunkt eines Wurfgeschosses in der Zeit und im Raum. Doch das Potentielle ist lediglich eine Beziehung zwischen Raum und Zeit und nichts weiter.

Die Materie ist nur eine Wirkung der Struktur von Raum und Zeit, aber wenn ich sie kenne, so heißt das, daß ich Raum und Zeit fixiert habe. Es ist dann sinnlos, von Bewegung zu sprechen. Was ich Bewegung nenne, sind nur Beziehungen geometrischer Strukturen zwischen meinen Koordinaten. Diese Beziehungen berühren nicht das zu spezifizierende Objekt. Das Objekt beginnt zu entstehen, wenn ich nicht mehr die Beziehungen festsetze, sondern bestimmte Koordinaten betrachte.

Wenn ich Beziehungen zwischen den Koordinaten ins Auge fasse, habe ich Bewegungen, aber keinerlei Objekt. Wenn ich spezifische Koordinaten ins Auge fasse, ohne ihre Beziehungen zu erwägen, habe ich Objekte, aber keine Bewegungen.

Doch den Block der Materie selber, der sich in Reichweite meiner Sinne befindet, kenne ich nur durch die Elemente, die ich darin *festgelegt* habe, und die Bewegung, die mich meine Beobachtungen erraten ließen, ist lediglich die Bewegung einer wahrscheinlichen Gegenwart, denn vom Objekt habe ich nichts erfahren, abgesehen von unbeweglichen Botschaften.

In der Tat ist meine Überlegung irrig, wenn ich zugleich seine Position und seine Geschwindigkeit zu kennen glaube; ich kenne die Position konkreter, unbeweglicher Objekte und die Geschwindigkeit eines nicht konkreten Potentiellen. Aber ich identifiziere im Geiste jene Objekte mit dem Potentiellen, das sich in Bewegung befindet. Ich kenne die Position eines bestimmten Elektrons, die potentielle Geschwindigkeit von anderen, und so identifiziere ich sie. Dieser Denkvorgang ist unmöglich, wenn es im Bereich des Zeitbegriffs gar keine Familie von Elektronen gäbe, die miteinander übereinstimmten; denn entweder halte ich das Elektron fest – und dann ist es unbeweglich – oder ich messe seine Geschwindigkeit, und dann ist es nicht mehr bekannt.

Der Beweis dafür ist, daß, wenn dieser Körper nichts ausgestrahlt hat, die Kenntnis, die mich seine Existenz bejahen läßt, definitionsgemäß in keiner Weise eine Kenntnis seiner selbst bedeutet. Ich kenne nichts als Felder, das heißt eine bestimmte Struktur von Raum und Zeit, die es mir ermöglichen wird, die wahrscheinliche Existenz meines Körpers an einem gegebenen Ort, zu einer gegebenen Zeit zu berechnen; und da sich mein Körper aus zahlreichen Elementen zusammensetzt, wird die Wahrscheinlichkeit zur Gewißheit.

Ich nenne Masse den Grad an Gegenwart von 1/h.[14]

Die Physik des unendlich Kleinen kümmert sich ausschließlich um den Übergang vom Potentiellen zur Existenz (ohne welche dieses Potentielle unbekannt bliebe).

Die Physik des unendlich Großen kümmert sich nicht mehr um das Potentielle, da sich das Problem der Existenzäußerungen nicht mehr stellt, soweit ich in jedem Augenblick über-unbewegliche Emanationen verfüge. Wenn ich keine Quantenphysik mehr treibe, so liegt das nicht daran, daß sie keinen Zweck mehr hätte, sondern daß ich für sie kein innerliches Bedürfnis verspüre.

Die Bahn des Elektron entspricht der geradlinigen Welle; aber es ist eine in sich geschlossene Wahrscheinlichkeit. (Die Masse könnte das Maß an Wahrscheinlichkeit sein, denn wenn die Geschwindigkeit unendlich ist oder, genauer gesagt, der Lichtgeschwindigkeit gleicht, wird die Wahrscheinlichkeit von Gegenwart unendlich.)

Die Wellenbewegung könnte gut dazu dienen, eine Wahrscheinlichkeit von Gegenwart zu berechnen (aber dann spielt auch die atomare Revolution hinein. Und die Feststellung, daß es fünf Elektronen gibt, heißt, daß es fünf Bahnen gibt, das heißt fünf Wahrscheinlichkeiten, das heißt einen Zuwachs an Masse).

Im Grunde ist es das gleiche Bedürfnis (das Bedürfnis, mein Phänomen im Rahmen der üblichen Vorstellungen von Raum und Zeit auszudrücken), welches mich nötigt, die Dualität Welle—Korpuskel oder Position—Geschwindigkeit zuzugeben. Teilchen, insofern ich eine Position ausdrücke, Welle, insofern ich eine Geschwindigkeit ausdrücke. (Nur ein Potentielles kann sich in Raum und Zeit verändern.)

Wenn der Geschwindigkeitsbegriff völlig vom Positionsbegriff zu trennen ist – weshalb sollten dann Veränderungen meiner Position auch meine Geschwindigkeit betreffende Veränderungen herbeiführen?

Da ich anthropomorphen Vorstellungen entsagt habe, deren Unergiebigkeit ich dem Studium des Atoms wie der Nebelflecken entnahm, sehe ich Hunderte grundlegender Materien entstehen:

a) Ein Feld ist insoweit stetig, als es die Kenntnis einer Möglichkeit von Aktionen darstellt. Und ich erfasse keineswegs das Objekt. Es überantwortet mir noch keine Energie. Es verwandelt sich nicht.

b) Die Bewegung eines Elementarteilchens wie des Photons ist stetig. Doch es handelt sich noch keineswegs um ein identifizierbares wirkliches Photon. Der wirkliche Identifizierungsprozeß ist die Verwandlung. Ich umschreibe konkrete Wirklichkeit mit Verwandlung oder Veränderung der Ebene. Mein Photon ist nur insoweit wirklich, als es sich in ein Elektron verwandelt. Es ist dann zusammenhanglos. Ich kann ihm dann Koordinaten in Raum und Zeit beifügen, aber ich kann nicht in richtiger Weise – denn solch eine Operation wäre ohne Bedeutungsgehalt – daraus Beziehungen zwischen diesen Koordinaten herleiten.

Wenn eine Beziehung zwischen den Koordinaten besteht, ergibt sich die Möglichkeit der Existenz, welche stetig ist. Wenn es Existenz gibt, bestehen ganz einfach Koordinaten, aber keine Beziehung. Ich habe bei meinem Photon die Wahl: entweder lasse ich es existieren (das heißt sich verwandeln), und dann kenne ich seine augenblickliche Position, oder ich definiere die Wahrscheinlichkeit an Gegenwart, und dann habe ich dieses potentielle Photon. Ich kann die Geschwindigkeit definieren. Das heißt eine Beziehung zwischen dem Raum und der Zeit. Doch dann ist ihm noch kein Platz zugewiesen, weder im Raum, noch in der Zeit. Es existiert noch nicht.

Ökonomisches

4

Absurd der Begriff der Klasse, des Industriellen, des Ausbeuters. Es gibt nur Menschen. Die Verkündung der Kategorien hatte hier schon alles verfälscht.

Im Jahre 1840 standen die Inhaber der großen Vermögen im Gegensatz zu ihren Lohnempfängern, die *für sie* die ersten Schlösser, die ersten Maschinen bauten und die ersten Produkte hervorbrachten. Aber mit den Fortschritten des Maschinenwesens fiel ihre Prosperität immer mehr mit derjenigen ihrer Lohnempfänger zusammen, denn fortan bauten die Inhaber der großen Vermögen Autos, um sie an ihre Lohnempfänger zu verkaufen.

Abgesehen davon, daß es immer schwieriger wird, den Ingenieur oder den Industriedirektor in der einen oder der anderen Klasse unterzubringen, hat der Klassenbegriff aus dem vorstehend angegebenen Grunde seine Wirksamkeit eingebüßt. Er erhellt nicht mehr, was nicht in Ordnung ist.

Linke: der gleiche Wortschatz wie zu der Zeit, als Renault Autos für Renault fabrizierte.

Einer der Gründe, die den Klassenbegriff überholt erscheinen lassen, besteht darin, daß das Proletariat selber in wirtschaftlicher Hinsicht die Rolle eines Kapitalismus spielt.

Das folgende Dilemma erkenne ich nicht an: «die Großen kotzen machen» oder «die Kleinen aussaugen ...» Man argumentiert, als wenn die Summe der Kaufkraft der einen und der anderen gleich groß wäre wie das Sozialprodukt und es im übrigen nicht absorbierte. Als wenn die Armut der Kleinen aus dem Reichtum der anderen gezimmert wäre (was durch die amerikanische Prosperität des Jahres 1928 eindeutig widerlegt wird). Es trifft das nur zu in einer sozialistischen Gesellschaft, in der sich das Problem der *Aufteilung* stellt, aber hier geht es um Verteilung, und an die Großen selber wird das Sozialprodukt keineswegs verteilt.

Es beruht auf dem (falschen) Verteilungsbegriff, daß sich die Leute von links – trotz des ganzen Durcheinanders der Phänomene, das sie deutlich empfinden – gedrängt fühlen, das *Experiment zu riskieren* und die großen Einkommen zu köpfen. Und trotz der präzisen und wohlbegründeten Einwände ihrer Gegner werden sie nicht – ohne sich den Anschein zu geben, sie würden sich untreu – auf diese Methode verzichten können, obwohl sie zu nichts führt ... oder zum russischen Kommunismus, der das wieder aufwerten wird, was man zunächst zerstört hatte; aber weshalb dann zerstören?

Ich nenne es nicht Gerechtigkeit, wenn man dafür sorgt, daß die einen ihrerseits durch die anderen ersetzt werden, und daß man den Kohlentrimmer einige Stunden lang, um ihn für die erlittenen Demütigungen zu entschädigen, im Palaste unterbringt.

Gerechtigkeit: der andere zeigte mir das Schloß und sagte mir: Ist es gerecht, wenn ich in meiner Strohhütte leben muß?

Nein, im Hinblick auf den nivellierenden Gleichheitsbegriff, ja, im Hinblick auf andere Begriffe, und das hängt völlig davon ab, welche Welt hervorgebracht wurde. Deshalb erschien in früheren Zeiten die Sklaverei sogar den moralischen Eliten nicht als ungerecht.

Die Steuer, die von 75 000 Francs an rapide zunimmt, ist eine rein demagogische Maßnahme. In der Tat bringen die Steuern, die von Einkommen über 100 000 Francs erhoben werden, dem Staatssäckel nur 300 Millionen ein, und ihre Erhöhung wird nicht einmal einen Mehrertrag von 100 Millionen ausmachen (zwei Francs pro Franzosen und pro Jahr!).

Wenn hingegen eine auf die Existenz derartiger Vermögen gegründete Wirtschaftsordnung zusammenbräche, würden der Juwelier und der Fabrikant von Luxuslimousinen ihre Tore schließen, denn sie hätten dann keine Daseinsberechtigung mehr, und die wirtschaftliche Erschütterung wäre größer als die Vorteile.

Nun ist aber, absolut gesehen, nicht die Existenz einer außergewöhnlichen Kaufkraft das Anstößige, sondern der schlechte

Maßstab, nach dem die Auswahl getroffen wird. Dem genialen Erfinder, dem großen Musiker sollten der schattige Park und die Luxuslimousine zugute kommen. Die Geldaristokratie deckt sich nicht mit der wahren Aristokratie. Die sozialen Reformen sollten die Erneuerung einer derartigen Aristokratie anstreben, aber auch eine Wirtschaftsordnung ins Spiel bringen, die es ermöglicht, alles zu konsumieren. Denn es mag anstößig sein, daß einer vor den Augen eines verhungerten Arbeitslosen ein Piano kauft, aber gleichwohl zeugt der Kauf eines Konzertflügels von höchster Menschenwürde. Gewiß, zuerst muß man es dem Arbeitslosen ermöglichen, daß er essen kann, aber man darf das nicht demagogisch dadurch ausgleichen, daß man den Verkauf von Konzertflügeln sperrt. Und in der Tat handelt es sich dabei nicht um eine wirtschaftliche Lösung, sondern um einen moralischen Ausgleich, der sich unglücklicherweise gerade gegen den Begriff von Größe, Luxus, Würde und geistiger Erhebung richtet. Die anteilsmäßige Verteilung von Konzertflügeln an die Arbeitslosen würde Null ergeben (einen Franc pro Mann im Jahr...), und es ist gut, daß sich in einer Gesellschaft dieser Ansporn zum Wetteifer, diese Hoffnung oder, genauer gesagt, dieses Bild menschlicher Größe erhalten. Die Angehörigen eines Volkes, das eine Königin sein eigen nennt, haben ein wenig königliches Blut in ihren Adern.

Das Verschwinden der *großen Vermögen*, die mir persönlich ganz gleichgültig sind, ängstigt mich nicht wegen der Reichen, sondern gerade wegen der *Armen*, die dadurch etwas mehr vertieren, so daß sie lieber Traktoren oder Schemel fabrizieren, statt zu vergolden, kunstvolle Einbände, Qualitätsuhren herzustellen usw.... – sie werden etwas abgestumpfter, aber etwas fetter. Ist der Gewinn ein Ausgleich für den Verlust?

Denn nicht durch den Gebrauch des Arbeitsertrags ist man gesittet, sondern durch die Arbeit selber, durch die Art der Tätigkeit. Und der Kunstarbeiter, der schlecht ißt, steht auf höherer Stufe als der Handarbeiter, der gut ißt. Oder vielmehr: der Hersteller des Kunstgegenstands ist dessen Empfänger überlegen. Gleichwohl ist es nötig, daß der Gegenstand empfangen werde.

Und die chinesische Tasse ist den Preis eines Menschenlebens oder etwa eine Million Francs wert; es muß aber auch den Grandseigneur geben, der sich bereitgefunden hat, dem Künstler fünfzig Jahre lang ein Obdach zu gewähren und ihn zu kleiden, um zu erleben, wie die Tasse in seinen Besitz gelangt. Anderenfalls ist der Künstler gezwungen, Gegenstand gegen Gegenstand auszutauschen, das heißt, Tassen in Serien herzustellen.

Oder der Staat wird die Tasse kaufen, aber er kauft nur eine Tassenform – und eine durch Abstimmung ausgewählte, das heißt eine banale.

Den Maler durch das Volk wählen lassen, welch ungeheuerliches Paradox, da doch die neue Malerei immer erst nach Schulung des Auges begriffen wurde. Ablehnung aller Fermente.

Ist das Museum das Leben wert? Kann der Nicht-Widerspruch die Schöpfung begünstigen? Ist die Aufspeicherung des Objekts ein so unbedingtes Vorrecht? Gibt es ausreichende Beständigkeit im Staate? Und ist schließlich diese Verzögerung ohne weitere Wandlung es wert, daß Blut fließt? Sieht man also vom Fall des Begünstigten ab, der keineswegs angriffslustig ist, so stellt sich nur noch ein Problem: das des Gefüges. Und wenn der Sozialismus dieses verändert, so heißt das, daß dessen Moral die folgende ist: du, Goldschmied, du, Maler, du, Philosoph, ihr nährt euch vom Blute der Arbeiter, deren Produkte ihr verbraucht. Geht also ebenfalls Kohl bauen!

Ihr habt kein Recht, Gegenstände zu produzieren, die sich nicht an alle verteilen lassen (etwa einen Kunstgegenstand), weil sie zu viele Menschenzeit vereinnahmen. Jeder, der den Gegenstand mit Liebe behandelt, jeder, der die chinesische Tasse malt, jeder, der stickt, dekoriert, monatelang seine Altardecke verbessert, ist unsittlich. Sittlich ist nur die Tätigkeit des Herstellers großer Serien, denn der Umstand, daß einem die Tätigkeit des ersteren zugute kommt, würde ein Privileg darstellen. Die Gesellschaft darf also nicht mehr zum Lichte streben, sie darf nicht mehr ihren Kunstgegenstand wie eine Blume züchten. Sie darf nicht mehr leben um der Liebe willen. Verwaltungsmäßig, und um etwas davon zu erhalten, wird der Staat Stilpflichten auferlegen. Und so wird der Kunstgegenstand zu einem Schulpensum werden wie Vergil, und nicht zur Labsal des Gebildeten. Gide allein kann die häßlichen Gegenstände in der UdSSR bedauern und im gleichen Atemzug einen noch gleichmacherischeren Sozialismus herbeiwünschen, wobei er nicht begreift, daß dieser Sozialismus der großen Serie (der einzige Aspekt, unter dem ihm ein konkreter Sinn innewohnt) und die Verdammung des Zeitluxus identisch sind. Wir aber, die glauben, daß das Gedicht, wenn es Schönheit ist, ein langes Jahr menschlichen Lebens gekostet hat – und desgleichen das von frommen Händen gestickte Meßgewand – und so auch die chinesische Tasse, bei welcher der Künstler sein Leben verbrannt hat, um eine Linie herauszuläutern; wir, die wir meinen, man müsse sich opfern, um die menschliche Würde auf den Gegenstand zu übertragen; wir, die wir an die Wahrheit dieses geheimnisvollen Kultes glauben, und an die Gegenstände des Kultes, wir wünschen vor allem eine Gesellschaftsordnung, die ihn ermöglicht. Was nun das Problem des Begünstigten angeht, der sich definitionsgemäß nicht mit der Masse decken kann, so betrachten wir das als nebensächlich, denn es schert uns wenig, ob es sich um einen privaten Mäzen oder den Staat handelt. Und wenn wir uns nach der einen oder der anderen Richtung entscheiden sollten, so würden wir dem privaten Mäzen den Vorzug geben.

Der Sophismus Gides. Denn der Kunstgegenstand kann nur durch ein Kollektiv erworben werden. Das raubt ihm jede menschliche Bedeutung. Und der Durchschnittsgeschmack der Masse läuft auf das hinaus, was er haßt: auf Rußland. Im übrigen wird sich stets das Problem des Stoffes stellen, und infolgedessen: wie sittenlos handelt einer, der seine Liebessonette schreibt, während es nicht genug Weizen gibt. Möge er doch den Acker bestellen!

Die Göttlichkeit drückt sich aus durch den Einzelnen, der dem Durchschnittsgeschmack zuwiderhandelt.

Abscheuliche Schöpfung des Menschen Anno 1926 und seiner Beziehungen zum Schrott. Abscheuliche amerikanische Businessleute. Abscheuliche Verteiler und Verbraucher häßlicher Gegenstände. Diese Massen werden nicht mehr durch ihre Gewänder verklärt.

Alles in allem kann einer daherkommen und mir sagen: «Ich bin damit einverstanden, daß jede wirtschaftliche Veränderung nur insoweit einen Sinn gewinnt, als sie auf die Struktur einwirkt.» Aber wenn man alles richtig bedenkt, sind der Goldschmied und die Kultur, die sich von ihm herleitet, das Elend nicht wert, das ich vor Augen habe. Wenn ich von einer Einwirkung auf den Nutznießer nichts erhoffen kann, trage ich keine Bedenken, mich an den Kunsthandwerker zu wenden und ihm zuzurufen: «Du verbrauchst Produkte, auf die deine unfruchtbaren Spielereien dir kein Recht verleihen. Gib diese sinnlosen Bemühungen auf und produziere uns Kartoffeln!» Doch solch einem kann ich antworten: Mit welchem Recht wählst du gerade die Goldschmiedekunst als eine Tätigkeit aus, die es zu opfern gelte? Während du dich damit abfindest, daß Kaugummifabrikanten fortbestehen? Opfere doch diese zuerst der Größe des Menschen!

Im eigentlichen Bereiche des Lebensstandards fällt dem Kapitalisten eine Aufgabe zu. Sobald er sich gekleidet, ernährt und eine Wohnung beschafft hat, sobald er sich ein Auto gekauft hat – (das Spiel ist ein Austausch, der mit einer weitgehenden Rückerstattung – Spielgebühr und Steuer – an die Allgemeinheit verbunden ist, und hat keinerlei Bedeutung in der Wirtschaft, abgesehen von der möglichen Unordnung: das Spiel ist keineswegs eine *Ausgabe*) dann kauft er sich Gemälde, das heißt er unterhält das Heer der Maler, wie auch der Kunsttischler, der Einbinder von Luxusbänden – das Heer aller derer, deren Arbeitsertrag sich nicht unter alle aufteilen läßt. Denn wenn ich auch unter alle das Brot verteilen kann, vermag ich das nicht mit Kaviar oder den Bildern Claude Monets zu tun. Die Privilegierten müssen sie kaufen. Privilegierter kann der Staat sein, aber im Augenblick wird der Lehnsherr dieses Amt ausüben.

Es ist mir im übrigen gleichgültig, wenn ich erfahre, daß er im allgemeinen schlechte Malerei kauft, denn damit große Maler entstehen können, müssen viele Maler ihr Leben fristen und somit ihre Werke verkaufen. Das ist ja gerade die These der Linken über eine allgemeinere Verteilung als innerhalb einer Kaste.

Aber mehr noch: Es ist mir ebenso gleichgültig, zumindest teilweise, wenn die derart erschaffenen Bilder bei ihm gelagert werden (und sie bleiben dort nur drei Generationen: Erbfolge). Ich kann einerseits diesen Luxus als Belohnung für eine gute Geschäftsführung ansehen, aber vor allem beruht die Kultur nicht auf dem mehr oder weniger erleichterten Zutritt zu den Museen, sondern auf der Zahl der Maler, die malen. Auf der Aktivität der Malerei und der Begeisterung der Schulen.

Dieses für den Luxus der Kunstwerke aufgewandte Geld reduziert den Lebensstandard des gesamten Landes nur insoweit, als die Maler, die vom Vorrat der Wirtschaftsgüter leben, Malerei hervorbringen statt Wirtschaftsgüter. Wenn man Renault den Vorwurf macht, er *vergeude* das Geld durch den Kauf von Gemälden (er beute die Arbeiter aus, der Malerei zuliebe), so ist dies das Gleiche, als wenn man bedauert, daß die Tätigkeit der Lohnempfänger in diesem Lande nicht ausschließlich materialistisch ist. Man könnte nur mit einigem Grunde – aber wie sekundär wäre das! – die vorübergehende Aufspeicherung der Malerei bei Renault statt in den öffentlichen Museen beklagen – in den Museen, wohin sie automatisch nach drei Generationen (Vermächtnisse und Verkäufe auf Grund der Erbauseinandersetzungen) gelangen wird.

Im kommunistischen System spielt der Staat die Rolle des Lehnsherrn und speist die Kultur. Doch dann entsteht ein anderer schwerer Nachteil, auf den wir noch zurückkommen werden (und der anscheinend in der UdSSR zu befürchten ist): die Einheit der Doktrin. Tausend Mäzene fördern alle Richtungen; der Staat eine einzige: eine Schöpfung, aber eine eingemauerte. Gebremst wird vor allem die geistige Hervorbringung, die ihrer Definition nach im Gegensatz zum geltenden System steht. Man wird – und vielleicht besser – allen Gewinn aus den geltenden Systemen herausholen, sodann aber nicht mehr fortschreiten. Wo bleiben die kleineren Mäzene, und wer hätte in der Sowjetunion Breton oder Aragon ernährt?

Schließlich fragt sich, ob die Gesamtheit der Feudalherren, ihrer Lakaien, ihrer Verwalter (ihrer Vergnügungen) die Allgemeinheit (kommt weniger zur Verteilung, wenn erst ihr Anteil am Sozialprodukt abgeschöpft ist?) stärker belastet als der russische Verwalter. Ist nicht Trotzkis Kritik eine Kritik nicht nur an Stalin, sondern an der Revolution selber?

In der Tat wird das Kapital in den Haupterwerbszweigen – Nahrung, Kleidung – wenig verringert. Jedenfalls muß dieser Verlust im Verhältnis zur Bevölkerungszahl bemessen werden.

Das wirkliche Problem stellt sich durch diese Menschenmasse, die keinen menschlichen Sinn mehr hat, und die auf die Entwurzelung durch die Maschine zurückgeht.

In dieser Welt, die schon ohne Wälder ist, sind sie ihren Traditionen entflohen und den natürlichen Zyklen entfremdet. Materie produzieren und verbrauchen ist keineswegs etwas, was ihnen genügen kann.

Deutlicher noch, wenn das möglich ist, gilt es die Menschen vor einer trügerischen Hoffnung zu bewahren.

Die Revolution bereitet durchaus nicht durch einen einfachen Vorgang das Wachsen des Lebensstandards vor. Dieser ist, grob gesagt, nur vom Wert der Technik, des natürlichen Reichtums und der Ausstattung des Gebiets mit Bodenschätzen abhängig (er ist auch verknüpft mit der Geburtenpolitik).

Der Kapitalismus mündet jedoch in Sackgassen, die diese Produktion selber beschränken, oder er führt zu ungeheuren Arbeitsleistungen, die menschlich gesehen unfruchtbar sind, wie beispielsweise die Rüstungen (Budget!). Diese beschneiden den Lebensstandard weit mehr als die Gewinne Herrn Renaults. Überdies bieten sie nicht als Ausgleich die Steigerung der kulturellen Leistungen. Die Ästhetik einer Kanone bleibt mittelmäßig. Letztlich begründet sie eine Moral und eine Wertskala, welche der Geistigkeit schadet, die sie angeblich verteidigt. Die schöne Moral fand sich im 16. Jahrhundert. Der [wirkliche] Sozialismus kann den Menschen zu ihr hinführen, ich werde später darauf zurückkommen.

Alles in allem besteht ein Parallelismus zwischen der Equipierung und dem Sozialismus. Man kann in diesem Fall die Wirkung als Ursache nehmen. Es ist jedenfalls schon verwirrend, daß die Fortschritte des Lebensstandards der Arbeiter, die dem Anschein nach auf die wachsende Wirksamkeit des Sozialismus zurückgingen, so streng parallel mit dem Fortschritt der Equipierung verliefen (und im Höchstmaß in den Vereinigten Staaten, wo sich die Equipierung auf ein Höchstmaß belief und der Sozialismus auf ein Mindestmaß).

Wenn der fortschreitende Sozialismus eine fortschreitende Verminderung des Kapitalertrages bedeutet, so begleitet er vielleicht einfach ein konkretes Faktum, das sich möglicherweise von selber ergeben hätte. Insoweit das Kapital einen Zustand darstellt, beschäftigt es, außer den Lohnempfängern, die für die Produktion arbeiten, auch alle, die für den Aufbau der künftigen Industrien tätig sind. Um zwei Menschen unterhalten zu können, während nur einer produziert, muß es den Arbeitsertrag zum doppelten Preis der Gestehungskosten verkaufen. Und so steht der Gewinn, den es im voraus abzweigt, ständig in einfachem Verhältnis zum Industriepotential der Welt. Wenn dieses Potential abnimmt, strebt der Gewinn, der seinen Sinn verliert, vielleicht aus ganz natürlichen Gründen eine Verringerung an (Konkurrenz oder Notwendigkeit, die Kaufkraft der Arbeiter aufrechtzuerhalten, woraus sich – selbst im Falle des Kredits – das freiwillige Herschenken dieses zuviel erzielten Gewinnes ergeben konnte).

Der Sozialismus, der diese Übereinstimmung des monetären Gewinns und seines konkreten Sinns beschleunigte, ist vielleicht nichts anderes als das Erspüren, das In-Worte-Fassen eines natürlichen Verlaufs der Ereignisse, der auf zahlreiche, von Herrn Marx unabhängige Faktoren zurückgeht.

Das Kapital selber entpuppt sich als *egoistisch*, wie viele eingestehen, aber das ist in dem Maße der Fall, als der Gewinn seinen Sinn verliert. Dieser Egoismus ist neu. Und die neue Empfindung dieses neuen Egoismus ist einer der Faktoren, der zu einem faktischen Sozialismus hintreibt (fortschreitende Vernichtung der Rente und des Gewinns). Und das unabhängig vom sozialistischen politischen Kampf.

Breton *lebt* von seinen Werken (und existiert auf diese Weise), aber er weiß es nicht. Er ist solidarisch mit dem Kapitalisten; teilt er doch mit ihm den Negergegenstand, der durch seine Hände geht. Wenn die Revolution gemacht ist, wird er *produzieren* müssen. Wenn das Kapital ihn ausbeutet, so wird er bald nichts mehr haben, was man ausbeuten könnte. Er wird nicht mehr sein.

Gegensatz zwischen der experimentellen Soziologie (Kathedrale, Bildhauer) und der wissenschaftlichen Soziologie (Stipendium für Bildhauer).

In einer kommunistischen Gesellschaft stalinistischen Typs ist der Konformist frei, was für die Kultur einen Vorteil darstellt. Aber der Nonkonformist – und der Fortschritt, der allein von ihm ausgeht – stirbt. In der anarchistischen Gesellschaft kann er von neuem leben, aber welches ist die Struktur, die fortan das Gleichgewicht zwischen den Tätigkeiten der Produktion und der Kultur bedingen wird? Wenn ich lebe, indem ich meine Arbeitsart wählen kann, werde ich Kathedralen bauen, und nichts wird mich dazu zwingen, bei Citroën Bolzen zu schrauben. Denn die gleiche Form des Zwangs, die mich nötigen könnte, Schrauben zu drehen, würde es mir untersagen, Nonkonformist zu sein.

Problem des Ertrags. Problem der Verteilung. Trotzki beweist, daß die vereinheitlichte Verwaltung kostspielig ist, während man hätte denken können, sie sei eine Ersparnis. Rationell gesehen, ist die Fusion zehn kleiner Staaten (der Kapitalisten) zu einem einzigen, mit einer einzigen Verwaltung versehenen Staat ein Gewinn an verfügbarer Zeit. Doch ich stelle faktisch das Gegenteil fest (alles ist im übrigen ebenso im Bereich der Taylorisierung der Arbeit). Air-France ist kostspieliger als Latécoère, und meine mächtige Verwaltung ist kostspieliger als eine kleine und, als Grenzfall, der *Familienkapitalismus*, wo niemand einen Rolls-Royce fahren wird. Es gibt vielleicht zunächst einen fortschreitenden Gewinn, dann einen Stillstand, dann einen Verlust. Etwas Analoges wie beim Wachstum eines Organismus, an dem man einen absoluten Maßstab anlegt. Es bleibt bestehen – die Vorwürfe Trotzkis richten sich:

a) nicht an Stalin, sondern an die Revolution,
b) nicht an die Wirtschaft, sondern an den Ertrag.

Auf der rein materiellen Ebene gibt es nur ein Gesetz: So wenig Zeit wie möglich für das Objekt aufwenden, damit man mehr produzieren kann und mehr Freizeit übrig hat. Wenn man allein diesem Aspekt der Frage Rechnung trägt, ist es wahrscheinlich, daß das Objekt weniger Zeit verbraucht, wenn die Arbeiter in der Nähe der natürlichen Hilfsquellen an den großen Verkehrsknotenpunkten angesiedelt sind.

Mit anderen Worten: Ist es wirtschaftlicher, die Menschen neben dem Korn anzusiedeln und ihnen Kohle und Eisen zu bringen, oder sie in der Nähe des Eisens wohnen zu lassen und ihnen das Korn zu bringen? Es hat den Anschein, daß es hierüber keine Diskussion geben kann.

Der Egoismus des Finanzmannes ist häufig nur Ausdruck dieses Gesetzes vom *geringsten Zeitaufwand*. Durch den Finanzmann hindurch ist die ganze menschliche Gesellschaft egoistisch. (Wenn er die neue Erfindung vor der Amortisierung ablehnt, so heißt das, daß letztlich die Zeitökonomie entscheidet.) Und in der Tat verbraucht eine ständige Erneuerung des Handwerkzeugs mehr Zeit, als der wirkliche Fortschritt erspart. Im übrigen überträgt sich ein aufgesparter und vernichteter menschlicher Zeitaufwand irgendwo durch eine Zerstörung, denn jemand besaß gerade diese Zeit als Kapital oder, genauer gesagt, als Sparguthaben (sie ist ja die einzige wahre Banknote und entweder dem Objekt einverleibt oder als Vorrat gespeichert), und nun verliert er sie. Und die ganze Struktur des Landes wird dadurch verändert; denn die eingestellte Weiche, die dieser Besitzer darstellte, gewährleistet nun nicht mehr die gleiche Richtung des Signalsystems der monetären Masse. Sämtliche Tätigkeiten werden also dadurch verändert werden (nicht ein geringer Teil, sondern alle miteinander). So verändere ich auch – falls das Elektrizitätswerk, das mich beliefert, eine völlig automatische Zentrale ist – sobald ich des Nachts, um auf die Uhr zu sehen, meine Nachttischlampe anzünde, den Gang, die Ölversorgung, die Rotationsgeschwindigkeit dieses Werkes in allen seinen Teilen.

Man meint, sie leuchte ganz selbstverständlich, die Lampe, und doch spenden Tausende von Händen dieses Licht. In jedem Augenblick setzt es sich zusammen aus dem Atemholen, den Seufzern, dem angestrengten «Uff» aus Tausenden von Brüsten. Es ist, als stützten die Menschen einander, um diese schwere Fackel hochzuhalten. Wenn ich eine Nachttischlampe anzünde, so rinnt Blut.

Wenn man die Ausbeutung des Menschen durch den Menschen bestimmen will, so muß man sie überall ein wenig suchen und Anstoß daran nehmen, daß einer, dessen *Zeit teuer ist*, die Zeit derer verbraucht hat (Auto), für welche die besagte Zeit nicht teuer ist.

Wenn ihr die Langsamkeit des technischen Fortschritts anzweifelt, die ich euch entgegenhalte, so mißtraut den Sophismen, die ihr konstruiert, indem ihr die Beispiele auf eine besondere Kategorie von Objekten beschränkt: die wissenschaftlichen Objekte, die selbst in ihrer Form vom Fortschritt abhängen. Wenn mir die wissenschaftlichen Errungenschaften etwas ermöglichen, wie den Radioapparat oder das Automobil; wenn sie mir nacheinander gestatten, daß ich ein, dann zwei, dann drei Getriebe in eine Maschine einfügen kann, so mag der Zeitaufwand, den ich aufbringe, um sie zu bauen, in der Tat recht gering anmuten. Doch unsere Diskussion bezieht sich nicht auf das wissenschaftliche Objekt, dessen Kompliziertheit vom Zustand der Wissenschaft abhängt, sondern auf den Gebrauchsgegenstand, dessen Kompliziertheit feststeht und nur noch vom Gebrauch abhängt (der Tisch, die Badewanne, das Haus, die Vase, das Schuhwerk, Textilien usw.), da der technische Fortschritt lediglich die Zeit bedingt, die für die Herstellung des Gegenstands in dieser bestimmten und von der Wissenschaft unabhängigen Form aufgewendet wurde. Eben diesen Fortschritt nenne ich langsam. Und von diesem Fortschritt ist die Rede, da wir uns mit den Gegenständen befassen, die sich an die Allgemeinheit verteilen lassen und den Lebensstandard bestimmen.

Der Erdboden ist das einzige Produktionsmittel, das recht wenig im voraus geleistete Arbeit in sich aufnimmt. Überdies ist er ein Produktionsmittel, das zunächst das Wesentliche sicherstellt. Schließlich verknüpft er den Menschen mit den Lebensproblemen und den großen Zyklen der Natur. Er erhebt ihn mehr, in geistiger Hinsicht, als der Kontakt mit der Maschine. Ich kann fast immer – und ohne Vorbereitung – den Menschen zur Erde zurückschicken.

Wir befreien das Gesicht des Erdballs und schaffen es neu, ohne die sogenannten *geistigen* Güter im geringsten zu berücksichtigen, obwohl sie am kostbarsten sind. Nun sind aber ein gewisses Gesicht Frankreichs und eine gewisse Kultur – eine gewisse Lebensfreude – sicherlich ebenso wichtig wie ein bestimmter Lebensstandard. Wenn man die Kultur retten möchte, muß man das französische Korn retten.

X sagt mir: P. L. W. gibt drei Millionen für sich selber aus und reinvestiert zwanzig, um sein Industrieunternehmen auf dem neuesten Stand zu halten. Der Arbeiter könnte vorübergehend an diesem Gewinn teilhaben – womit er die künftige Industrie gefährdete, um reicher zu werden, aber das ist nur ein Trugbild, denn (nach Verwendung des Gewinns durch das beiseite gelegte Kapital) hängt der Lebensstandard – in einer gut funktionierenden Wirtschaft – nur vom Verhältnis der Zahl der Arbeiter zum Volumen des angebotenen Warenbestands ab, nicht aber von dieser oder jener *Höhe* der Lohnskala.

Jeder Kauf einer Industrie durch den Staat ist eine Erschwerung der Wirtschaftslage, denn der Staat verwandelt in Kapitalien, was Lohn hätte werden müssen. Würde die ganze Industrie aufgekauft, gäbe es keinen Lohn mehr.

Paradox: ein Land, das nichts nötig hat, verliert seinen Einfluß, es kann nicht einmal mehr seine Erziehung zum Austausch hergeben. Der Einfluß Deutschlands profitiert von den Rohstoffen, die ihm fehlen.

Eigentum, Produktionsmittel. Wenn das Kapital selber die Löhne vorweg erhebt, mit deren Hilfe es die künftigen Industrien aufbauen wird, besitzt es diese. Wenn es unter genau den gleichen Bedingungen an diese Löhne appelliert (Aktiengesellschaften), so verwaltet es sie, und die Industrie ist dann Kollektiveigentum. Tatsächlich sind es die Löhne von jedermann.

Der Kapitalist, wenn er sich verteidigen läßt, ist ein Verwalter. Die Frage, die sich stellt, ist eine solche der Verwaltung.

Durch deine soziale Funktion (Staatsfunktion) als Begründer neuer Industrien hast du den Teil des Gewinns gerechtfertigt, der die Vergütung für deine Arbeit überstieg.

Und jetzt würdest du behaupten, es sei ein legitimer Gewinn gewesen.

Sind die Agrarländer glücklicher? Weitgehend, da die Vorstellung des Reichwerdens weit weniger ins Gewicht fiel. Und weil der Kredit besser funktioniert. Das Geld verbleibt nicht im Stadium des Bodenkaufs, da nichts die Illusion begründet hat, der Boden könnte erschlossen werden.

Wenn man im Jahre 1938 die Sozialversicherung in Gang setzt, die sich auf Menschen erstreckt, welche erst zwanzig Jahre später ihre Renten beziehen werden, wird man zwanzig Jahre lang Kapital ansammeln, das heißt wahnwitzige Summen einsammeln, die sich unmöglich investieren lassen (die wahre Investition besteht im gegenwärtigen Geschenk) und die ganz ausgesprochen als Kaufkraft fehlen werden.

Man gibt vor – in zwanzig Jahren – den Ertrag dieses investierten Geldes verteilen zu können; das ist ein wertloser Mythos.

In Wahrheit verteilt man alljährlich, da Alt und Jung zahlenmäßig stabile Gruppen bilden, an einige alte Leute, was vorweg den zahlreichen Jungen abgefordert wurde. Wenn es für zehn alte Leute neunzig junge gibt, die je 100 Francs verdienen, besteuere ich sie mit 10 %, und alle beziehen 90 Francs.

Ich kann mein System sogleich anlaufen lassen (unter dem Blickwinkel: die Jugend zahlt für das Alter), denn unter dem individuellen Aspekt zahle ich, der ich heute jung bin, für mich, der ich später alt sein werde. Ich gelange zu unübersteigbaren Absurditäten (darunter diese absurde Verwahrung «meines» Geldes). Es scheint mir eine allgemeine Regel zu sein, daß die soziale Untersuchung entindividualisieren muß, wenn sie begreifen will. Sonst:

a) Illusion des Sparens.

b) Illusion der stets möglichen Reinvestierung.

c) Illusion über die Notwendigkeit, dieses Geld der Sozialversicherungen zu «plazieren».

Wenn man dieses Geld aufspeichert, so ist das ganz genau dasselbe, als wenn man die heutigen Kartoffeln und das heutige Lauchgemüse, die in zwanzig Jahren gekauft werden sollen, aufspeichern würde (was ich aufgespeichert habe, ist ein Teil der Kaufkraft), aber sie verfaulen.

Man komme nicht hernach mit Klagen über Skandale und Veruntreuungen: dieses Geld selber ist verfault: wo sollte es hinfließen? Gewiß, vielleicht ist es ein Trick, um Paläste zu bauen (die aber nicht rentabel sind), und dann hat das nichts mit der Liebe zum Alter zu tun. Oder ich kann dann zwanzig Jahre lang Altersheime bauen. Doch sie bringen alles durcheinander.

Das notwendige Geld läßt sich nicht genau feststellen, denn es spielt noch seine Umlaufgeschwindigkeit hinein.

Die Privatbank, welche die Aktiengesellschaft verwaltet, oder die sowjetische Bürokratie, welche das gleiche Industrieunternehmen verwaltet: keinerlei Unterschied von Haus aus. Weder die eine noch die andere sind Eigentümer der Produktionsmittel, ihre Moral oder Unmoral können einander die Waage halten.

Einziger Unterschied: die Richtung der privaten Kaufkraft, die in der Sowjetunion nicht blindlings etwas zu kaufen erstreben kann, was nicht existiert.

Sparsamkeit (oder Sparen) kann nur einen Sinn haben: den eines Geschenks ans Kapital. Man spart *für* jemanden. Und nicht «an sich».

Anmerkungen

1 Diese Notiz wurde im Jahre 1939 niedergeschrieben.

2 Anspielung auf einen Vorgang aus dem Jahre 1940: Die Militärs im Presse- und Informationsamt untersagten amerikanischen Journalisten das Fotografieren von Kriegsmaterial, mochte es auch noch so alt sein.

3 Vergl. «Die Stadt in der Wüste», 26. Kp.: «Sieh doch, sagte mein Vater. Er kann nicht einmal mehr gähnen. Er hat sogar auf die Langeweile verzichtet, welche die Erwartung der Menschen ist.»

4 André Breton: geistiger Vater des Surrealismus, mit Saint-Exupéry befreundet. (Anm. d. Übers.)

5 Robert Brasillach hatte Saint-Exupérys Arbeiten stets kritisiert, da er an ihrem lyrischen Höhenflug Anstoß nahm; so mißbilligte er auch Saint-Exupérys ersten Radioappell während des «Drôle de guerre», womit dieser einer Bitte Jean Giraudoux' entsprach.

6 Die vom Obersten de la Rocque geführte Bewegung der «Croix de Feu» (Feuerkreuzler) spielte eine gewisse Rolle in den Dreißiger Jahren. (Anm. d. Übers.)

7 Jean Mermoz (1901—1936), Flieger und Kamerad Saint-Exupérys, war ein Anhänger des Obersten de la Rocque. (Anm. d. Übers.)

8 In Wirklichkeit handelte es sich um einen neuen *Planeten.*

9 Saint-Exupéry spielt auf den Umstand an, daß Mermoz die (schnelleren) Landflugzeuge für die Überquerung des Atlantik einführte, während die allgemeine Ansicht für Wasserflugzeuge eintrat.

10 Anspielung auf eine von Saint-Exupéry ersonnene Anekdote, die in der «Stadt in der Wüste» ihren Niederschlag gefunden hat: die Fußspur, die zum Fluß führt, sagt nichts über das Selbstmordmotiv.

11 Unter «Wellenwerfern» sind in Exupérys Sprache die Menschen zu verstehen, die ständig Ideen und Systeme der öffentlichen Meinung zum Fraß vorwerfen, welche in sich zwar konsequent sind, aber keinen Rückhalt in der Wirklichkeit haben.

12 Aus dem Gedicht Baudelaires «Le Chant d'Automne».

13 Saint-Exupéry hatte zu seiner Überraschung in der Höhle von Padirac kleine grüne Pflanzen gefunden, die im elektrischen Licht gediehen.

14 *Ich nenne Masse den Grad an Gegenwart von 1/h.*

Dieser überraschende Satz setzt in mehrfacher Hinsicht voraus, daß Saint-Exupéry allerhand Überlegungen über die Wellenmechanik angestellt hat, von denen in seinen Notizbüchern keine Spur zu entdecken ist. Versuchen wir diese Lücke auszufüllen:
h ist eine gebräuchliche Bezeichnung für die den Physikern wohlbekannte, die elementare Aktionseinheit bezeichnende Konstante Plancks. Diese Konstante erscheint in der grundlegenden Gleichung der Wellenmechanik:

$$\Delta \Phi + \frac{8 \eta^2 m}{\eta^2} (E - V) \Phi = 0;$$

sie erscheint auch in der ebenso grundlegenden Gleichung de Broglies:

$$\lambda = \frac{h}{m V,}$$

die eine Wellenlänge zu einem, eine Bewegungseinheit *m* V bildenden Teilchen in Beziehung setzt. In dieser letzten Gleichung vor allem sieht man, daß *h* mit *m* durch rein kinetische Faktoren, nämlich λ und V, verbunden ist. Die Feststellung, das der Masse Eigentümliche sei auch *h* zu eigen, ist daher einigermaßen tiefgründig.

Inhalt

FÄHRE